飛猿彦次人情噺

血染めの宝船

鳥羽　亮

幻冬舎時代小説文庫

飛猿彦次人情噺

血染めの宝船

目次

第一章　ふたりの賊

1

風の強い夜だった。表戸をガタガタと揺らしている。

黒装束の男がふたり、島田屋《しまだや》の廊下を歩いていた。ふたりとも黒布で頰《ほ》っかむりをしていた。その黒布の間から、闇のなかに双眸《そうぼう》が白く浮き上がったように見える。

島田屋は呉服屋だった。日本橋本町二丁目の表通り沿いにある。通り沿いには大店《おおだな》が並んでいるので、それほど目を引かないが、二階建ての大きな店である。

ふたりの男は、一階の廊下を忍び足で歩いていた。前に立った男が、龕灯《がんどう》を持っていた。龕灯は銅やブリキなどで釣鐘形の外枠を作り、なかに蠟燭《ろうそく》立てを付けた提灯《ちょうちん》である。現在の懐中電灯のように、一方向だけを照らすことができる。

後ろの男が、千両箱を担いでいた。店の裏手にある内蔵を破って奪ったものだ。

ふたりは足音を忍ばせて、裏手から表にむかって歩いていた。廊下の右手には何部屋かあり、障子や襖《ふすま》がたててあった。奉公人たちが寝ている部屋もあり、寝息や夜具を動かす音などが聞こえる。

廊下の左手は、雨戸がしめてあった。風がその雨戸に当たり、コトコトと音をたてている。雨戸は表通りに面した大戸とちがい、店の脇にあるので、風当たりは強くないようだ。

「おい、だれかいるぞ」

前を歩いていた男が、声をひそめて言った。目の細い男である。暗闇のなかで、両眼が青白い糸のように見える。

廊下の先の右手で、板戸をしめるような音がし、かすかに足音が聞こえた。

「厠《かわや》かもしれねえ」

もうひとりの男が言った。こちらは、ずんぐりした体軀《たいく》で丸顔である。

賊のふたりは、足をとめた。足音が廊下に近付いてきたのだ。しかも、すぐ近くに迫っている。

「これを持ってろ」

前を歩いていた目の細い男が、手にした龕灯を後ろの丸顔の男に手渡した。丸顔の男は左手で龕灯を持ち、右手だけで千両箱を担いでいる。

そのとき、足音がとまり、

「だれか、いるのか」

と、くぐもったような声が聞こえた。若い男の声だった。店の手代か、丁稚《でっち》であろう。奉公人部屋で寝ていて、厠に起きたのかもしれない。

「来るぞ」

前にいた細い目の男が、「逃げる間はねえ」と声を殺して言い添え、懐に右手をつっ込んだ。男は匕首《あいくち》を取り出した。匕首が闇のなかで、うすくひかっている。

「だれだい、そこにいるのは」

若い男の声は、震えていた。店の奉公人ではない、という思いがよぎったのかもしれない。

匕首を手にした細い目の男が、厠へ通じる板戸の脇に立った。すこし腰を屈《かが》め、手にした匕首を胸の前に構えている。

板戸の向こうに近付いてくる足音が、ふいにとまった。そして、戸が重い音をたててあいた。

廊下に顔を出したのは、十四、五と思われる若い男である。丁稚のようだ。

丁稚は廊下を照らしている龕灯の明かりを目にし、ギョッとしたようにその場に立ち竦《すく》んだ。そして、龕灯の明かりの向こうに黒い人影があるのに気付くと、引き攣《つ》ったように顔を歪《ゆが》め、後ずさった。丁稚が悲鳴を上げようとしたときだった。

細い目の男が素早く踏み込み、手にした匕首で丁稚の喉《のど》を掻《か》き切った。素早い動きである。

丁稚の首から血が、激しく飛び散った。首の血管《ちくだ》を切ったらしい。

丁稚は血を撒《ま》きながらよろめき、腰から崩れるように廊下に倒れた。俯《うつぶ》せに倒れた丁稚は手足を動かし、首を擡《もた》げたが、すぐにグッタリとなった。悲鳴も呻《うめ》き声も、聞こえない。

いっときすると、丁稚は動かなくなった。辺りに飛び散った血が、闇のなかで廊下を赤黒く染めている。

「ざまァねえや」

丸顔の男が言った。

「いくぜ」

目の細い男は倒れている丁稚に目をやったが、何も言わずに店の表にむかった。丸顔の男は千両箱を担いで、後につづいた。どうやら、目の細い男が兄貴格らしい。

ふたりの男は、廊下から広い呉服売り場に出た。そこは畳敷きになっている。

目の細い男が、ふたたび龕灯をむけて売り場を照らした。日中は客や店の奉公人などで賑《にぎ》わっている売り場だが、いまは人影もなく、ひっそりとしていた。左手奥に、帳場があった。帳場格子《ごうし》の先に、帳場机がある。そこにも、人影はなかった。

「おい、用意した物があるな」

目の細い男が言った。

「ありやす」

「帳場机の上にでも、置いておくか」

目の細い男の顔に、薄笑いが浮いている。

「目立っていいな」

丸顔の男が、ニヤッとした。

ふたりは、足音を忍ばせて帳場に近付いた。そして、帳場机の脇まで行くと、目の細い男が懐から折り畳んだ紙を取り出した。

「うまく描けてるぜ」

そう言って、目の細い男は折り畳んだ紙をひらいた。

紙には絵が描かれていた。船に七福神の乗った宝船の絵である。正月の一日、二日にかけて、宝船売りが「お宝ァ、お宝ァ」と言って売り歩く、縁起物だった。

「この店も、繁盛するだろうよ」

目の細い男が、手にした七福神の絵を帳場机の上に置いた。紙の端が、わずかに血に染まっている。折り畳んだ紙を開いたとき、指先に付着していた血が紙に付いたらしい。

「あっしらにとっても、有り難い絵ですぜ」

丸顔の男が言った。

「そうよ。この店に入《へえ》ったのは、七福神ってえことになるからな」

目の細い男が、「おれたちは金だけ貰って、闇のなかに消えちまうわけだ」そう言い添えて、売り場から土間にむかった。

ふたりは、売り場から土間に下りた。表の大戸は閉めてあったが、脇のくぐりがすこしだけ開いていた。くぐりの板が、一枚割られている。

ふたりはくぐりの前まで行くと、戸をさらに開け、そこから外に出た。目の細い男がくぐりの戸を閉め、

「うまくいったな」

と、声をかけ、丸顔の男とともに強風の吹く、表通りに出た。

ふたりは、通りを東にむかった。ふたりの足音は風音に消され、その姿は夜陰に呑まれていく。

2

「おゆき、井戸端で、おしげさんと何を話してたんだい」

彦次《ひこじ》が女房のおゆきに訊《き》いた。

彦次は長屋の座敷で、女房のおゆき、独り娘のおきくの三人で箱膳《はこぜん》を前にして朝めしを食べていた。

彦次は二十六歳。屋根葺《やねふ》き職人だった。おゆきは、二十四歳。彦次といっしょになる前は一膳めし屋の娘だった。彦次は独り者だったとき、一膳めし屋に食べに行くことが多く、店の手伝いをしていたおゆきと恋仲になり、所帯を持ったのである。

彦次たちが住んでいるのは、深川伊勢崎町《いせざきちょう》にある棟割《むねわり》長屋、庄兵衛店《しょうべえだな》だった。彦次と女ふたりの三人家族である。

彦次は朝めし前、顔を洗いに長屋の井戸まで行ったとき、水汲《みずく》みに行ったおゆきが、おしげと立ち話をしているのを目にした。おしげは、彦次たちの住む家の斜向《はすむ》かいに住んでいた。おしげの亭主は、左官の権助《ごんすけ》だった。ふたりの間には、五歳になる仙太《せんた》という子供がいる。

おゆきとおしげは彦次の姿を目にすると、すぐに話をやめ、おしげは手桶《ておけ》の水を持って家に帰った。おゆきは、彦次が顔を洗うのを待って、ふたりで家にもどった。そうしたことがあったので、彦次はおゆきにどんな話をしていたか訊いたのだ。

「押し込みのことですよ。権助さんが、仕事仲間に聞いたんですって」

おゆきが、彦次の茶碗に手を伸ばしながら言った。彦次は、空になった茶碗をおゆきに手渡した。

おゆきは飯櫃《めしびつ》のめしを茶碗によそいながら、

「押し込みは呉服屋に入って、奉公人を斬《き》り殺したそうですよ」

と、眉を寄せて言った。

おきくもおゆきの話に興味を持ったのか、箸《はし》をとめて聞き耳を立てている。おきくは、まだ五歳だった。芥子坊《けしぼう》を銀杏髷《いちょうまげ》にしている。まだ、大人の話は、聞いているだけのことが多い。

「奉公人を殺したのか。……悪党だな」

彦次が顔をしかめた。

「それに、押し込みは、帳場の机の上に絵を置いていったとか」

おゆきが声をひそめて言い、御飯をよそった茶碗を彦次の前に差し出した。

彦次は茶碗を受け取り、

「絵だと。どんな絵だ」

と、おゆきに顔をむけたまま訊いた。

「それが、宝船の絵だとか。お正月に売りに来る、七福神が船に乗ったお目出度《めでた》い絵があるでしょう。あの絵らしいの」

「宝船の絵だと！」

彦次の顔が強張《こわば》った。だが、すぐにいつもの彦次の顔にもどった。笑みさえ浮かべている。

そのとき、夫婦の話を聞いていたおきくが、

「宝船の絵なら、お正月に、あたし、買ってもらった」

と、口を挟んだ。

「どこに、あるの」

おゆきが訊いた。

「もうないわ。どこにいったか分からない」

おきくが、べそをかくような顔をした。

「仕方ないわ。お正月のことだもの」

おゆきが、「御飯、お代わりする」と訊いて、おきくの方に手を伸ばした。

「もう、お腹一杯」

おきくは、茶碗を箱膳の上に置いた。いつもの顔にもどっている。

彦次はふたりのやり取りを聞いていたが、

「押し込みが呉服屋に入ったのは、いつのことだい」

と、おゆきに訊いた。

「一昨日《おととい》らしいの」

おゆきが、「食べてくださいな、御飯」と小声で言った。彦次は話に夢中になり、茶碗を手にしたまま箸を動かさなかったのだ。

彦次は慌ててめしを掻き込み、一息ついてから、

「その呉服屋は、どこにあるんだ。仕事場の近くだったら、覗《のぞ》いてみてもいいな」

と、おゆきに訊いた。

「島田屋という店で、日本橋本町二丁目にあるそうですよ」

「本町二丁目かい。遠いな。とても、行けねえ。……さて、話はこれまでにして、仕事に出掛けるか」

彦次はそう言って、空になった茶碗を箱膳の上に置いた。

彦次は屋根葺き職人だが、家族にも話せない理由があって、仕事場に出掛けないことが多かった。

屋根葺きの仕事は、屋根に柿板《こけらいた》を打ち付けることだった。鉄製の釘《くぎ》でなく、木釘を使うことが多い。柿板とは檜《ひのき》や槙《まき》などの薄板のことで、雨を凌《しの》ぐために使われる。

彦次は仕事場に出掛けると言って長屋を出るが、実際は別の場所に行くことが多かった。彦次には、女房子供に偽っても別の場所に出掛けねばならない理由があった。屋根葺きとは別のことで、金を手にしていたのだ。

彦次は、腰切半纏《こしきりばんてん》に黒股引《くろももひき》、道具箱を担ぎ、屋根葺き職人らしい恰好《かっこう》で、長屋の路地木戸を出た。そして、仙台堀沿いの道を大川の方にむかった。彦次の住む伊勢崎町は仙台堀沿いに長くつづいている。

彦次は仙台堀沿いの通りを西にむかって歩いた。そして、大川端に出ると、上《かみ》ノ橋《はし》を渡って川下にむかった。そこは、佐賀町《さがちょう》だった。大川端沿いに永代橋《えいたいばし》の先までつづいている町である。

彦次は佐賀町に出ると、川下にむかってしばらく歩き、漁師らしい家の脇の細い道に入った。そこは寂しい路地で、空き地や笹藪《ささやぶ》などが目についた。人家はすくなく、人の姿を見掛けることはあまりなかった。

彦次は細い道をしばらく歩き、朽ちかけた小屋の前で足をとめた。

その小屋には、漁師の漁具や竹竿《たけざお》、木箱などがしまってあったらしいが、いまは使えなくなった漁具や壊れた木箱などが積んであり、埃《ほこり》を被《かぶ》っていた。長年放置されたままで、いまは持ち主も知れなかった。

彦次は周囲に目をやり、人がいないのを確かめてから、小屋に入った。そして、担いできた道具箱を土間に置き、積んであった木箱を取り出した。木箱の中には、古い小袖《こそで》と帯が入っていた。

彦次は着てきた腰切半纏と黒股引を脱いで、小袖に着替えた。そして、手ぬぐいを懐に入れた。必要なときは、手ぬぐいを被って顔を隠すのである。

彦次が密《ひそ》かに変装して、仕事場ではなく別の場所に出掛けることは、長屋の者はむろんのこと、おゆきとおきくさえ知らなかった。ここは、彦次の秘密の場所といっていい。

彦次は小屋から出ると、来た道を引き返し、大川端の道にもどった。そして、川上にむかって歩き、大川にかかる新大橋《しんおおはし》を渡った。

彦次は大名家の屋敷の脇の道をたどって、浜町堀《はまちょうぼり》沿いの道に出た。さらに北にむかい、緑橋を渡ると西にむかった。そこは、奥州《おうしゅう》街道である。街道をさらに西にむかえば、盗賊に入られた島田屋のある本町二丁目に出られる。

通りは賑やかで、大勢の人が行き交っていた。奥州街道ということもあって、旅人や駄馬を引く馬子《まご》の姿なども見られた。

彦次は本町二丁目に入った。そして、いっとき歩くと、通り沿いにある呉服屋らしい店が目にとまった。

店の表戸はしめてあったが、脇の二枚だけがあいていた。そこから、店の者や岡っ引きなどが出入りしている。

店の脇の立て看板に「呉服物品々　島田屋」と記してあった。盗賊に入られた島田屋に間違いない。

島田屋に盗賊が入って二日後のせいか、野次馬や岡っ引きたちの姿は、思ったより少なかった。八丁堀の同心の姿は、見当たらなかった。もっとも、店内にいて奉公人たちから話を訊いているのかもしれない。

彦次は通行人を装い、聞き耳をたてて店の前を通った。かすかに、男の話し声が聞こえたが、何を話しているかは分からなかった。

彦次は店の前を通り過ぎ、店先からすこし離れた路傍に足をとめた。

3

彦次は、島田屋の脇で立ち話をしている岡っ引きらしいふたりの男に目をとめた。ふたりのそばに足をとめて、島田屋に目をやっている男が何人かいた。通りすがりの野次馬らしい。

彦次は、ふたりの岡っ引きらしい男に近付いた。ふたりの話を盗み聞きしようと思ったのだ。

赤ら顔の年配の男が、

「おい、聞いたか。押し込みは、ふたりらしいぞ」

と、もうひとりの面長の男に言った。

「あっしも聞きやした。……飛猿《とびざる》は独り働きのはずですぜ」

面長の男は、首を捻った。男は若く、二十代半ばに見えた。

「仲間を誘って、島田屋に入ったのかもしれねえ」

「飛猿に仲間はいねえはずだが……」

若い男は、首をかしげた。

「おれも、飛猿は独り働きの盗人だと聞いてるが、今度は盗人仲間に声をかけたのかもしれねえ」

「それに、押し込みは島田屋の奉公人を殺しやしたぜ。飛猿は、殺しはしねえはずだ」

若い男は、納得できないような顔をした。

「分からねえよ。飛猿だって、押し入った店のなかで奉公人と鉢合わせすりゃァ、殺すかもしれねえ」

「…………」

若い男はしきりと、首を捻《ひね》っている。

「それに、押し入ったのは飛猿だって、はっきりしてることがあるじゃァねえか」

赤ら顔の年配の男が言った。

「なんですかい」

若い男が訊いた。

「帳場机の上に、宝船の絵が置いてあったそうだぜ」

「宝船の絵が、あったんですかい」

若い男が、身を乗り出すようにして訊いた。

「あったらしい。……それで、八丁堀の旦那も御用聞きたちも、みんな飛猿とみてるようだ」

「宝船の絵が置いてあったのなら、まちげえねえ。……飛猿も、奉公人を殺《あや》めちまったのか」

若い男が、顔をしかめて言った。

それから、ふたりは、昨日の探索の様子を話しだした。町奉行所の同心が三人と御用聞きたちが大勢来て、店の奉公人たちに色々訊いていたことなどを口にした。

彦次はその場を離れ、島田屋の戸口に足をむけた。岡っ引きのふりをして、店のなかを覗いてみようと思ったのだ。

戸口のところには、岡っ引きと下っ引きらしい男が数人いて、店のなかを覗いたり、奉公人が出てくると、話を訊いたりしていた。なかには、殺された奉公人のことや奪われた金のことなどを話している者もいた。

彦次は岡っ引きのふりをして、男たちの背後に身を隠すように立った。そして、男たちの肩越しに、店のなかを覗いてみた。

土間の先に、ひろい売り場があった。店の奉公人と岡っ引きらしい男に交じって、八丁堀の同心がひとりいた。

……島崎《しまざき》の旦那だ。

彦次は、島崎源之助《げんのすけ》を知っていた。知っていたといっても、島崎は北町奉行所の定廻《じょうまわ》り同心であることと、世間の噂《うわさ》や事件にかかわった者の話を鵜呑《うの》みにせず、地道に事件を探る男だということぐらいである。

おそらく、島崎は昨日も島田屋に来て、奉公人たちから話を訊いたにちがいない。ところが、腑《ふ》に落ちないことがあって、今日も足を運んだのだろう。

そのとき、彦次のそばにいた小柄な岡っ引きが、

「盗人は、どこから店に入《へえ》ったか知ってるかい」

と、脇にいた眉《まゆ》の濃い三十がらみと思われる岡っ引きに訊いた。

「知ってるよ」

眉の濃い男が言った。

彦次は、聞き耳をたてた。侵入方法で、どんな盗人か分かるのだ。

「どこから入ったんだい」

「そこのくぐり戸だよ」

眉の濃い男が、店の端の板戸を指差した。脇がくぐり戸になっている。

「くぐり戸の板を一枚ぶち破って、手をつっ込み猿《さる》を外したらしい」

眉の濃い男が言った。

猿は、戸締まりのために戸の框《かまち》に取り付け、柱や敷居の穴に突き刺して、しまりとする木片である。

「出るときも、そこからか」

「そうだろうな。一昨日は、風が強かった。夜更けに、表の道を通りかかった者はいねえだろう。押し入ったふたりは、千両箱を担いで表の道を逃げたはずだ」

眉の濃い男が、通りの先に目をやって言った。

彦次も、男の言うとおりだと思った。一昨日の夜なら、表通りを逃げても目撃されずに済むだろう。

「千両箱には、ぎっしり金が入ってたのかい」

小柄な岡っ引きが訊いた。

「ああ、千両ちかく入ってたそうだよ」

「飛猿は盗みに入っても、大金は奪わねえと聞いてるが。せいぜい、三十両ほどだそうだぜ」

「目の前に、ぎっしり詰まった千両箱があれば、飛猿だって目が眩《くら》まァ」

「そうかもしれねえ」

小柄な男が、つぶやくような声で言った。

彦次は、ふたりの話がとぎれたところで、その場から離れ、

……このままにしちゃァおかねえ！

と、胸の内で怒りの声を上げた。

ふたりの賊は、飛猿の犯行に見せかけただけでなく、奉公人をひとり殺し、千両もの金を奪ったのだ。

4

その日、彦次が道具箱を担いで長屋に帰ると、流し場にいたおゆきが、「お帰り

なさい」と声をかけた。

おゆきは、濡《ぬ》れた手のまま彦次のそばに来ると、

「半刻《はんとき》（一時間）ほど前に、井戸端で玄沢《げんたく》さまと会いましたよ」

と、小声で言った。部屋の隅で、掻巻《かいまき》をかけて眠っているおきくを起こさないように気を遣ったらしい。

後藤《ごとう》玄沢は、同じ長屋に住む独り暮らしの牢人《ろうにん》だった。還暦に近い年寄りで、刀の研師《とぎし》をやって暮らしをたてている。

「おきくは寝てるのかい」

彦次は先に、おきくのことを訊いた。

「さっきまで、ひとりで御弾《おはじ》きをして遊んでたんだけど、そのうち、横になって眠ってしまったので、掻巻をかけてやったの」

おゆきが小声で言った。

「それで、玄沢さんは何か言ってたかい」

彦次は話を玄沢のことにもどした。

「玄沢さまは、おまえさんがどこに行ってるか訊いたの」

「それで」

「仕事に出ていると言ったら、おゆきさんも、よく働く亭主といっしょになって幸せだな、と言われたわ」

おゆきの頰《ほお》が、ほんのり赤くなっている。

「玄沢さんは、用があって来たんじゃァねえのかい」

「それでね、玄沢さまは、おまえさんが帰ったら、表の通りにある福田屋《ふくだや》さんに来てくれと言って帰ったの」

おゆきが、声をひそめて言った。

福田屋は、仙台堀沿いの通りにある一膳めし屋だった。酒も出す。彦次は、玄沢といっしょに飲みに行ったことがあった。

「すぐに、福田屋に来てくれと言ったのか」

まだ、七ツ（午後四時）ごろだった。暗くなるまでには、間がある。

「暗くなってから来てくれ、と言ってたわ」

「そうか。……三人で夕めしを食ってからだな」

彦次は、眠っているおきくに目をやって言った。玄沢は彦次が子煩悩であることを知っていて、おきくといっしょに夕めしを食ってから家を出られるように配慮したようだ。

「早めに、食べられるように支度しますね」

そう言って、おゆきは流し場にもどった。

それから、小半刻《こはんとき》（三十分）ほどして、夕餉《ゆうげ》の支度ができた。すでに、おきくは目を覚ましていたので、親子三人は夕餉の膳を前にして座った。

おきくとおゆきが、食べながら長屋の出来事を話してくれた。彦次はふたりの話を聞くだけで、島田屋に押し入った盗賊のことも宝船の絵のことも、まったく口にしなかった。

夕餉を終えると、おゆきは後片付けを始めた。暮れ六ツ（午後六時）までは間があるので、彦次はおきくの話し相手になってやった。

話し相手といっても、そばにいて、おきくが長屋の子供と遊んだことを話すのを聞いてやるだけである。

それからしばらくして、おゆきが後片付けを終え、おきくのそばに来ると、

「おまえさん、そろそろ暗くなりますよ」

と、腰高障子《こしだかしょうじ》に目をやって言った。

「そうだな」

「後のことは心配しないで」

おゆきが言った。

「出掛けるか」

彦次は腰を上げた。

腰高障子をあけて外へ出ると、長屋は淡い夕闇につつまれていた。家々から灯《ひ》が洩《も》れ、子供たちや母親の声が聞こえた。それに、仕事から帰った男の話し声もする。

彦次は長屋の路地木戸から出ると、仙台堀沿いの道を東にむかった。大川端へ出るのとは、反対方向である。

堀沿いの道をいっとき歩くと、道沿いにある一膳めし屋が見えてきた。店の脇の掛看板に、「一膳めし　酒　肴《さかな》　福田屋」と書いてある。

「ここだな」

彦次は、店先の暖簾《のれん》をくぐった。

店の土間に、飯台《はんだい》がふたつ置かれ、そのまわりに置かれた腰掛け代わりの空《あ》き樽《だる》に、男たちが腰を下ろして、めしを食ったり、酒を飲んだりしていた。その先には、小上がりがあり、そこにも何人かの男が腰を下ろし、めしを食ったり酒を飲んだりしていた。

小上がりの隅に、玄沢の姿があった。玄沢の膝先《ひざさき》に、徳利と肴の入った皿や小鉢が置かれていた。ひとりで、酒を飲んでいたらしい。

「ここだ」

玄沢が手を上げた。

玄沢は小袖に角帯姿だった。大刀が膝の脇に置いてあった。

すぐに、彦次は玄沢のそばに行き、小上がりに上がった。

「待ってたぞ」

玄沢が、酒気で赤く染まった顔をほころばせた。鼻が高く、大きな目をしていた。髷は結わずに、総髪である。その髪が肩先まで垂れ、無精髭も伸びていた。身なりにはあまり構わない男である。

「遅れちまって申し訳ねえ」

そう言って、彦次は玄沢の前に腰を下ろした。

「飲むか」

玄沢が訊いた。

「いただきやす」

彦次は、酒好きだった。

「まず、これで飲め」

玄沢はそう言って、手にした猪口《ちょこ》を彦次の鼻先に差し出した。

彦次が猪口の酒を飲み干したとき、店の親爺《おやじ》が近付いてきた。店に入ってきた彦次の姿を目にしたらしい。

5

「いらっしゃい」

親爺が、玄沢と彦次に目をやって言った。

「おれにも、酒を持ってきてくんな。それに、肴だが、何がある」

彦次が訊いた。

「冷や奴に、茄子《なす》の漬物がありやすが」

「ふたり分、頼むぜ」

彦次は、玄沢の分も頼んだのだ。

しばらくして、親爺が冷や奴の入った小鉢と茄子の漬物ののった小皿を運んできた。冷や奴も漬物もふたり分である。

ふたりが酒を注《つ》ぎあっていっとき飲んだとき、彦次たちのそばの飯台にいたふたり連れの職人ふうの男たちが腰を上げた。そして、親爺に勘定を払って店から出ていった。

「彦次、島田屋に盗人が入ったようだな」

玄沢が声をひそめて言った。近くに客がいなくなったので、内密の話ができるようになったのだ。

「へい」

「長屋の者が、盗人は飛猿らしい、と話しているのを耳にしたぞ」

玄沢は、彦次を見つめて言った。

「旦那、あっしじゃァねえ」

彦次は玄沢にしか聞こえない声で言った。

おゆきとおきく、それに長屋の住人たちも、彦次が飛猿であることを知らなかった。知っているのは、玄沢だけである。

二年ほど前のこと――。彦次は大店に侵入し、店の内蔵を破って三十両ほどの金を奪った。内蔵には千両箱もあり、盗む気なら千両箱を持ち去ることもできた。だが、彦次が盗むのは、いつも三十両ほどだった。

彦次は身軽で耳がよかった。常人には聞こえないことでも聞きとることができる。彦次は大店に入ることが多かったが、盗む金はわずかだった。しかも、宝船の札を残し、事件後、盗みに入られた店はなぜか商いがうわむくと噂されていた。

長屋で、親子三人、つましく暮らすのに大金はいらなかった。彦次は、大金を手にしたことで暮らしが乱れ、不幸な末路を迎えた何人もの男のことを知っていた。余分な金は、平穏な暮らしを奪うのである。

彦次が、大店から三十両ほどの金を奪った夜、彦次に目をつけていた房造《ふさぞう》という老齢の岡っ引きに跡を尾《つ》けられた。

彦次は尾行に気付かず、屋根葺きの恰好で道具箱を担ぎ、長屋の近くまで帰ってきた。そのとき、たまたま玄沢が通りかかり、酔ったふりをして房造に絡み、うまく彦次を逃がしてくれたのだ。

その後も、房造は彦次に目をつけて探っていたようだが、一月《ひとつき》ほどすると、その姿を見掛けなくなった。持病の癪《しゃく》が悪化し、出歩けなくなったらしい。その後、三月《みつき》ほどして房造は亡くなったようだ。

他にも、玄沢は彦次を助けてくれたことがあった。彦次が飲み屋で酒を飲んでいたとき、盗人らしい男に絡まれた。男は飲んだ勢いで彦次に、「飛猿じゃねえのか」と口にしたのだ。

そのとき、近くで飲んでいた玄沢が、「わしの弟子に因縁をつける気か」と言って、男を飲み屋から追い出した。玄沢は年寄りで、ふだんは刀の研師をやっているが、一刀流《いっとうりゅう》の遣い手だった。

そうした経緯《いきさつ》があって、玄沢は彦次が飛猿と呼ばれる盗人であることを知ったのだ。ところが、玄沢は彦次が飛猿であることをおくびにも出さなかった。彦次も長屋で親しくしている住人として、玄沢と付き合っている。

玄沢は、飛猿と呼ばれる盗人に以前から好感を持っていた。飛猿は大店に盗みに入っても三十両ほどしか手をつけず、奉公人を手にかけることもないと知っていたからだ。

それだけでなく、飛猿は困窮している貧乏人たちに、それとなく金品を渡すこともあり、巷《ちまた》では貧乏人の味方、義賊とささやかれている。

「彦次、島田屋に押し入った盗人を知っているのか」

玄沢が声をひそめて訊いた。

「知りやせん。……島田屋に入《へえ》った盗人は、ふたりのようでさァ」

彦次が、玄沢だけに聞こえる声で言った。

「ふたり組か」

「へい」

「ふたり組なのに、なにゆえ、飛猿の仕業だと口にする者がいるのだ。飛猿が、独りで盗みに入ることは、御用聞きや八丁堀同心なら、みな知っているはずだぞ」

玄沢が腑に落ちないような顔をした。

「宝船の絵でさァ。……島田屋に押し入ったふたり組の盗人は、あっしの仕業と見せかけるために、帳場に宝船の絵を置いてきたんでさァ」

彦次の声に、昂《たかぶ》った響きがあった。胸に怒りが、込み上げてきたらしい。

「すると、そのふたり組は、飛猿の仕業と見せかけるために、宝船の絵を持って盗みに入ったのか」

「そうでさァ」

「卑怯《ひきよう》なやつらだ」

玄沢の顔も、怒りに染まった。

「それだけじゃァねえ。そいつらは、千両箱を奪い、丁稚まで殺したんですぜ。それをみんな、あっしがやったことにするつもりなんでさァ」

彦次が顔をしかめて言った。

「うむ……」

玄沢はいっとき黙考していたが、

「彦次、そのふたり組の盗人に、心当たりはあるか」

と、彦次に目をやって訊いた。

彦次は記憶をたどるように虚空に視線をとめていたが、

「心当たりはねえが、古着屋の爺《じい》さんなら知っているかな」

と、つぶやくような声で言った。

「その古着屋は、どこにあるのだ」

「西平野町《にしひらのちょう》でさァ」

彦次が言った。西平野町は、伊勢崎町と同じように仙台堀沿いにひろがっている。隣町といってもいい。

「これから、行ってみるか」

玄沢が言った。

「その爺さん、伊之吉《いのきち》といいやすがね。昔、盗人だったことがあるんでさァ。用心深い男で、知らねえ者には話さねえ」

彦次が、「旦那がいっしょだと、口をひらかねえ」と言い添えた。

「分かった。わしは、店の近くで待っていよう」

玄沢が苦笑いを浮かべて言った。

6

彦次と玄沢は、仙台堀沿いの道を東にむかって歩いた。仙台堀にかかる海辺橋《うみべばし》のたもとまで来ると、彦次が足をとめた。西平野町は、海辺橋のたもとから東方に広がっている。

「古着屋は、一町ほど先でさァ」

彦次はそう言った後、橋のたもとにある店を指差し、

「そこのそば屋で待っててくれれば、あっしが、伊之吉のとっつァんに訊いてきやす」

と、言い添えた。

「いや、一膳めし屋で飲み食いしたばかりだ。そばを食う気には、なれん。古着屋の近くで待っていよう」

玄沢が言った。

「そうですかい」

彦次たちは、仙台堀沿いの道を歩きだした。

一町ほど歩くと、道沿いに古着屋があった。店内は薄暗かったが、びっしりと古着が吊されているのが見てとれた。天井から紐《ひも》を垂らし、横に渡した竹に結んで固

定し、その竹に古着が吊してある。

客はいないようだ。店のなかから人声は聞こえず、ひっそりとしていた。

「彦次、おれはそこで、堀の向こうの寺でも眺めている」

玄沢が、仙台堀の先の寺院に目をやって言った。

「すぐ、もどってきやす」

そう言い残し、彦次は古着屋に入った。

店のなかの澱《よど》んだような空気のなかに、嫌な臭《にお》いが漂っていた。古着についた黴《かび》と汗の臭いであろうか。

「いらっしゃい」

古着売り場の先で、男のしゃがれ声が聞こえた。

見ると、売り場の奥に小座敷があり、男がひとり座っていた。伊之吉である。

彦次は吊してある古着の間を通って、小座敷の前まで行った。

伊之吉は立ち上がり、彦次の顔を見ると、

「彦次、古着を買いに来たわけじゃァあるめえ」

そう言って、小座敷の上がり框近くに腰を下ろした。

「とっつァんに、訊きてえことがあってな」

彦次はそう言うと、懐から巾着《きんちゃく》を取り出し、一分銀を手にした。伊之吉は、ただでは話さないのだ。

「取っといてくれ」

彦次が一分銀を握らせると、伊之吉はニンマリして、

「何が訊きてえんだい」

と、目を細めて訊いた。一分銀が、利いたらしい。

「そうよ。……とっつァんは、島田屋に押し入った盗人のことを知ってるかい」

彦次が小声で訊いた。

「知ってるよ。押し入ったのは、飛猿という噂だぜ」

伊之吉は薄笑いを浮かべ、上目遣いに彦次を見た。彦次が、飛猿だと知っているのだ。

「とっつァん、飛猿に、仲間はいねえよ。島田屋に押し入ったのは、ふたり組だぜ」

「そうだな。飛猿が仲間とふたりで押し入ったとは、思えねえ」

伊之吉の顔から薄笑いが消えた。

「お、押し入ったふたりは、宝船の絵まで用意して飛猿に見せかけ、店の奉公人を殺し、千両も奪ってるんだぜ」

彦次の声が、怒りで震えた。

「汚《きたね》え真似《まね》をしやがって……。おれも、根性のまがった野郎は嫌《きれ》えだ」

伊之吉が眉を寄せて言った。

「このままにしちゃァ、おけねえ。そのふたり、飛猿になりすまして、他の店に入《へえ》るかもしれねえ」

島田屋に盗みに入り、うまくいったことで味をしめ、さらに同じ手口で犯行を重ねるのではないか、と彦次はみていた。

「そうだな。このままということは、ねえな。……ほとぼりがさめたころ、また盗みに入《へえ》るな」

「とっつァん、飛猿になりすましたふたりに、心当たりはねえかい」

彦次が、身を乗り出して訊いた。

「心当たりと、言われてもなァ」

伊之吉は、いっとき虚空に目をやって記憶をたどっているふうだったが、

「ひとりは、安造《やすぞう》かもしれねえ」

と、つぶやくような声で言った。

「安造は盗人か」

「そうだ」

「仲間がいるのか」

「安造は独りで盗みに入ることもあるようだが、何人かで組むことが多いと聞いた覚えがあるな」

伊之吉が首を捻りながら言った。はっきりしないのかもしれない。

「仲間の名は」

彦次が訊いた。

「知らねえ。名は聞いてねえ」

「そうか。……塒《ねぐら》を知ってるか」

彦次は、安造を押さえれば、仲間のことも知れるとみた。

「材木町《ざいもくちょう》と、聞いてるぜ」

「材木町のどの辺りだい」

すぐに、彦次が訊いた。深川、材木町は伊勢崎町の南方にあり、掘割沿いにひろがっている。

「掘割の近くと、聞いたが……」

伊之吉は首をかしげた。はっきりしないらしい。

「何か、安造のことで、聞いてることはねえかい」

さらに、彦次が訊いた。

「情婦《いろ》を囲ってると聞いたな」

「情婦か」

材木町で妾宅《しょうたく》を探せば、安造の居所がつかめるかもしれない、と彦次は思った。

「とっつァん、手間をとらせたな」

彦次は巾着を取り出し、さらに一分銀を一枚摘まみ出して、伊之吉に握らせてやった。

伊之吉は、一分銀を握りしめてニンマリした。

7

「旦那、待たせちまって申し訳ねえ」

彦次は、仙台堀の岸際に立っていた玄沢に声をかけた。

玄沢は彦次に体をむけ、

「何か知れたか」

と、小声で訊いた。仙台堀沿いの通りを行き来する人に聞こえないように、気を遣ったらしい。

「知れやした」

彦次は、伊之吉から聞いたことを掻い摘まんで話した後、

「まだ、決め付けられねえが、飛猿になりすまして、島田屋に押し入ったひとりが知れやした」

と、玄沢に身を寄せて言い添えた。

「知れたか」

玄沢が訊いた。

「へい、ひとりだけ、知れやした」

「そいつの名は」

「安造でさァ」

「居所も分かったのか」

「安造の塒は分からねえが、情婦《いろ》を材木町で囲っているようでさァ。情婦の居所が分かれば、安造を押さえられるかもしれねえ」

「材木町は遠くない。これから、行ってみるか」

玄沢が言った。乗り気になっているようだ。

「行きやしょう」

彦次と玄沢は、材木町にむかった。

ふたりは海辺橋を渡り、しばらく仙台堀沿いの道を西にむかって歩いた。そして、掘割にかかる橋を渡ると、すぐに左手の道に入った。その道も、別の掘割沿いにつづいている。この辺りは、掘割が縦横につながっているのだ。

彦次たちは、掘割沿いの道をたどって材木町に入った。ふたりは掘割沿いの道をいっとき歩いた後、その辺りでは目を引く二階建ての料理屋の前で足をとめた。

「旦那、別々に妾《めかけ》の住んでいる家を探しやすか」

彦次が言った。

「そうだな、ふたりで歩くより埒《らち》が明くな」

玄沢は承知した。

ふたりはその場で別れ、半刻（一時間）ほどしたら料理屋の前にもどることにした。

ひとりになった彦次は、掘割沿いの道を西にむかって歩いた。玄沢は料理屋の脇の細い道に入った。

彦次はいっとき歩き、地元の若者らしい男がふたり、掘割の岸際に立って話しているのに目をとめた。

彦次はふたりに近付き、

「ちっと、訊きてえことがあるんだが」

と、声をかけた。

ふたりの男は顔を見合わせた後、

「何が訊きてえ」

年上と思われる男が、彦次に訊いた。

「この辺りに、妾の住む家があると聞いてきたんだがな。どこにあるか、知らねえか。その妾、おれが餓鬼のころ、隣に住んでいた女なんだ。……もう、十年以上顔を見てねえ。どんな女になったか、顔だけでも見てえと思ってな」

彦次は、適当な作り話を口にした。

「おめえ、知ってるかい」

年上の男が、もうひとりの男に訊いた。

「米屋の脇の道を入《へえ》った先にある家かもしれねえ」

若い男が言った。

「その米屋は、どこにあるんだい」

「この道を一町ほど歩くと、米屋があってな。その店の脇の道をしばらく歩くと、太い樫《かし》の木がある。その脇に、女の住む家があるはずだ」

若い男が、家のまわりに板塀がめぐらせてあることを言い添えた。

「手間を取らせたな」

彦次はふたりに礼を言って、掘割沿いの道を歩きだした。

一町ほど歩くと、若い男が言ったとおり、道沿いに米屋があった。店の脇に、小《こ》径《みち》がつづいている。

彦次が小径に入り、しばらく歩くと、太い樫が枝葉を茂らせていた。その木の脇に、板塀を巡らせた家があった。

「あれだな」

彦次は樫の樹陰で足をとめ、仕《し》舞《も》屋《たや》に目をやった。

その場からは、人声も物音も聞こえなかった。仕舞屋に、人が住んでいるかどうかも分からない。

彦次は、仕舞屋に近付いてみることにした。

樫の樹陰から出ると、通行人を装って仕舞屋に近付いた。家の前は、吹き抜け門になっていた。門といっても簡素な造りで、丸太を二本立てただけで、門扉もない。それに、門を入ると、すぐに家の戸口になっていた。

……だれか、いる！

彦次は胸の内で声を上げた。

家のなかから、かすかに廊下を歩くような足音がしたのだ。

家のなかにいるのは女だ、と彦次はみた。彦次は、足音で男か女かを聞き分けることができる。

彦次は家の前で足をとめたが、すぐに歩きだした。そして、家から半町ほど歩いたところで足をとめ、来た道を引き返した。

彦次は、このまま玄沢と別れた場所に戻ろうと思った。妾宅に、安造は来ていないらしい。妾宅に、男のいる気配がなかったのだ。

彦次が来た道をいっとき歩いたとき、前方から足早に歩いてくる男の姿が目にとまった。

……旦那だ！

足早に歩いてくるのは、玄沢だった。

8

玄沢は路傍に足をとめて、彦次が近付くのを待ち、

「彦次、安造が囲っている妾の家が、この先にあるようだぞ」

と、話した。どうやら、玄沢も、妾の家がこの先にあると聞き込み、様子を見に来たらしい。

「妾の家を見てきやした」

彦次は、家に女しかいないことを話した。

「そうか」

玄沢は、がっかりしたような顔をした。

「どうしやす。せっかく、ここまで来たんだ。家だけでも見ておきやすか」

「そうだな」

「こっちでさァ」

彦次が先にたち、妾宅のある方へむかった。

いっとき歩き、前方に妾宅が見えてきたところで、路傍に足をとめた。

「そこの板塀を巡らせた家でさァ」

彦次が、吹き抜け門のある仕舞屋を指差した。

「なかなかの家ではないか」

玄沢が言った。

「盗んだ金で、手にした家ですぜ」

彦次が小声で言った。安造は飛猿になりすまし、島田屋に押し入って大金を得る前も、妾を囲えるほどの金を盗んでいたにちがいない。

「これまでの盗みで、情婦《いろ》を囲えるほどの金を手にしていながら、さらに飛猿になりすまして大金を手にしたわけか」

玄沢が苦々しい顔をした。

「あっしになりすまして大金を奪った上に、人殺しまでしやがって。このままにしちゃァおかねえ」

彦次の顔が、強い怒りで赭黒《あかぐろ》く染まった。

「どうする」

玄沢が訊いた。

「明日、出直しやす」

明日は、妾宅に安造が来ているのではないか、と彦次はみた。

「わしも、付き合おう」

玄沢が言った。

「旦那、刀研ぎの仕事は」

いつまでも、玄沢の手を借りるわけにはいかない、と彦次は思った。玄沢には、刀研ぎの仕事があるのだ。

「それが、知り合いの旗本から頼まれていた刀を研いで渡したばかりでな。いま、刀研ぎの仕事がないのだ」

そう言って、玄沢が苦笑いを浮かべた。


彦次と玄沢が庄兵衛店に帰りついたのは、闇が深くなってからだった。

彦次は長屋の路地木戸を入ると、

「旦那、あっしの家に、寄ってくだせえ。いっしょに一杯やりやしょう」

と、玄沢に声をかけた。

「い、いや、それはできん」

玄沢が声をつまらせて言った。胸の内で、夜になってから、まだ幼いおきくの前で、酒を飲むわけにはかない、と思ったのだ。

「今日は遅くなりそうなので、夕めしは先に済ませやした。それに、おきくは、眠くなれば、勝手に寝ちまいやす」

彦次はそう話した後、「酒もありやすぜ」と言い添えた。

玄沢は彦次に身を寄せ、

「彦次、酒があるのか」

と、念を押した。

「ありやす」

彦次が、貧乏徳利に、ふたりで飲むだけの酒があることを話した。

すると、玄沢はさらに彦次に身を寄せ、

「彦次、わしの家で飲まんか。……酒を持ってきてもらえると、ありがたい。わしのところには、わずかしか残っていないのだ」

と、小声で言った。

「承知しやした。家で待っててくだせえ」

彦次が苦笑いを浮かべて言った。

「待ってるぞ」

　ふたりは、路地木戸を入ったところで別れた。いったん、それぞれの家にもどるのである。

　玄沢は家に帰ると、まず行灯《あんどん》に火を入れた。そして、座敷のなかほどに敷いてあった布団と掻巻を座敷の隅に押しやった。

　座敷はすこしひろくなったが、それでも狭かった。ただ、ふたりで座して一杯やるには、十分である。

　玄沢の家の座敷の一角は、研ぎ場になっていた。そこは床が板張りで、研ぎ桶や何種類もの砥石《といし》が置いてあった。研ぎ場の脇には刀掛けがあり、いまも二本の刀身が掛けてあった。研いで間もない刀身らしく、行灯の灯を映じてひかっている。

　玄沢が座敷のなかほどに腰を下ろしていっとき待つと、戸口に近付いてくる足音がして腰高障子があいた。

　姿を見せたのは、彦次である。貧乏徳利と湯飲みを手にしていた。

「旦那の湯飲みを用意してくだせえ」

彦次が玄沢に声をかけた。持ってきたのは、自分の湯飲みだけらしい。

玄沢はすぐに腰を上げ、土間の隅の流し場に行って、自分の湯飲みを手にしてもどってきた。

ふたりは、貧乏徳利を前にして胡座《あぐら》をかいた。

彦次は玄沢の湯飲みに酒を注ぎ、つづいて自分の湯飲みにも注いだ。

「今夜は、ゆっくりやりやしょう」

そう言って、彦次は湯飲みをかたむけた。

玄沢も、目を細めて湯飲みの酒を飲んだ。

男ふたり、身分も違うし、歳《とし》も離れている。それでも、夜の静寂《しじま》のなかで膝を突き合わせて酒を飲んでいると、かけがえのない仲間であり、肉親のようにも思えてくる。

第二章　岡っ引き殺し

1

彦次は朝餉を済ますと、おゆきとおきくに見送られ、道具箱を担いで長屋を出た。むかった先は仕事場ではなく、佐賀町にある小屋である。そこで、屋根葺き職人の恰好から小袖姿に身を変えた。

彦次は、今日も仕事ではなく、島田屋に押し入ったふたりの盗人の隠れ家をつかむために、玄沢とふたりで材木町に行くつもりだった。できれば、ふたりの盗人を取り押さえて、町方に引き渡し、濡れ衣を晴らしたかった。

彦次が掘割にかかる橋のたもとまで行くと、玄沢が待っていた。

彦次は玄沢に走り寄り、

「すまねえ。遅れちまった」

と、声をかけた。

「なに、わしも来たばかりだ」

玄沢が言った。玄沢は小袖にたっつけ袴《ばかま》姿で、大刀だけを差していた。

「どこへ行きやす」

彦次が訊いた。

「まず、安造が囲っている妾の家だな」

「そうしやしょう」

彦次も、そのつもりで来ていたので、先に立って歩きだした。

ふたりは材木町に入り、掘割沿いの道をいっとき歩いて二階建ての料理屋の前まで来た。

「行きやすぜ」

そう言って、彦次が先にたち、掘割沿いの道を西にむかって歩き、米屋の脇にある小径に入った。

小径をしばらく歩くと、道沿いに太い樫の木があった。その木の脇に板塀を巡らせた家がある。

　彦次は樫の樹陰に足をとめ、

「安造の妾が住んでいる家だが、変わりはないようだ」

と言って、指差した。

「安造はいるかな」

　玄沢が言った。

「あっしが、見てきやしょう」

　彦次が樹陰から出ようとした。

　そのとき、玄沢が彦次の肩先をつかみ、「待て」と声をかけた。

「家の脇に、だれかいる」

　玄沢が言い添えた。

　彦次があらためて妾宅に目をやると、板塀の脇に男がいた。小袖を裾高《すそだか》に尻《しり》っ端折《ぱしょ》りし、黒の股引をはいている。

「やつは、岡っ引きだ」

　彦次が声を殺して言った。名は知らなかったが、事件現場で何度か顔を見たことがあった。

「岡っ引きだと」

玄沢が念を押すように訊いた。

「まちげえねえ」

「島田屋に入ったふたり組の盗人を追って、この家を突き止めたのかな」

「ちがうような気がしやす」

彦次には、岡っ引きが、島田屋に押し入ったふたり組の盗人の身辺を洗い、情婦の家をつきとめたとは思えなかった。島田屋に押し入ったふたりは、安造につながるような物は何も残していなかったはずだ。それに、八丁堀の同心をはじめ、岡っ引きのほとんどが、飛猿と仲間の犯行とみていたのである。

「あの岡っ引きは、どうやってこの家をつきとめたのだ」

玄沢が訊いた。

「島田屋で盗みを働く前から、安造を追ってたのかもしれねえ」

「すると、あの岡っ引きは、島田屋の件とはかかわりなく、前から追っていた盗人の居所を探っているのだな」

「まちげえねえ。……島田屋に押し入ったひとりとみているなら、ひとりで張り込む前に、手札を貰っている八丁堀の旦那に、話しているはずでさァ」

「そうだな」

玄沢がうなずいた。

彦次と玄沢は、樹陰に身を隠したまましばらく岡っ引きに目をやっていたが、

「わしが、様子を見てこようか」

と、玄沢が言った。

「旦那も、岡っ引きの目にとまりやすぜ」

「なに、家の近くまで行くだけだ。それに、わしの姿を目にしても、飛猿の仲間とは思うまい」

「旦那を飛猿の仲間とは、思わねえだろうが……」

「心配するな。家の手前で引き返してくる。岡っ引きの目にとまる前にな」

玄沢はそう言って、樹陰から道に出た。

玄沢は通行人を装って家の近くまで行き、路傍に足をとめたが、すぐさま踵《きびす》を返してもどってきた。

岡っ引きは、玄沢の方に顔をむけることもなく、板塀に身を寄せたまま家の様子

をうかがっている。

「彦次、家は静かだったぞ」

玄沢によると、家からは物音も話し声も聞こえなかったという。

「留守かな」

彦次が言った。

「いや、情婦《いろ》はいるだろう。それに、あの岡っ引きだが、家のなかにだれかいるから、ああやって様子をうかがっているにちがいない」

「そうかもしれねえ」

彦次が、そう言ったときだった。

「おい、岡っ引きが動いたぞ」

玄沢が身を乗り出して言った。

見ると、板塀に身を寄せていた岡っ引きが、道に出てきた。

「こっちに来やす」

岡っ引きは、彦次たちのいる方へ歩いてくる。

四十がらみと思われる浅黒い顔をした男だった。彦次は、島田屋の店先で見たような気がしたが、名は思い浮かばなかった。

岡っ引きは、渋い顔をして彦次たちの前を通り過ぎていく。妾宅の近くに張り込んだが、得ることがなかったのだろう。

彦次は岡っ引きの後ろ姿が遠ざかると、

「どうしやす」

と、玄沢に訊いた。

「せっかくここまで来たのだ。情婦の家を探ってみるか。探るといっても、前を通り過ぎるだけだが」

「そうしやしょう」

彦次と玄沢は、樹陰から道に出た。

ふたりはすこし離れ、通行人を装って妾宅の前を通った。吹き抜け門の前ですこし歩調を緩めたが、そのまま通り過ぎ、半町ほど歩いてから足をとめた。

「女はいるようだが、ひとりだな」

玄沢が言った。

「あっしも、そうみやした」

家のなかから、かすかに廊下を歩くような足音がしたのだ。彦次は、女の足音とすぐに分かった。他に、人のいる気配はなかった。

「どうする」

玄沢が訊いた。

「今日のところは、引き上げやしょう」

彦次は、このまま妾宅を見張っても、安造は姿をあらわさないとみた。

「そうだな」

玄沢も、今日は長屋に帰るしかないと思ったようだ。

2

「おまえさん、気をつけて」

おゆきが、彦次に声をかけた。

すると、脇に立っていたおきくが、「気をつけてね」と言い添えた。おゆきの真似をしたようだ。

「おきく、今日は早めに帰るからな」

彦次はそう言って、おきくの頭を撫《な》でてから、道具箱を担いで長屋の路地木戸の方へむかった。今日は、久し振りで屋根葺きの仕事をするつもりだった。もっとも、知り合いの大工の親方の普請《ふしん》現場に行き、屋根葺きの仕事があればの話である。

彦次が長屋の井戸端まで来ると、おしげと日傭取《ひようと》りの竹吉《たけきち》の女房おまさが、何やら話していた。ふたりの足元には手桶が置いてあった。水汲みに来て井戸端で顔を合わせ、お喋《しゃべ》りを始めたらしい。

ふたりのやり取りのなかで、彦次は「御用聞きが、殺された」「材木町らしいよ」というおしげの声を聞きとった。

彦次は、ふたりに近付き、

「だれが、殺されたんだい」

と、声をかけた。彦次の脳裏に、材木町の妾宅を見張っていた岡っ引きのことがよぎったのだ。

「御用聞きらしいよ」

おしげが、昨夜亭主から聞いたことを言い添えた。

「御用聞きが、殺されたのかい。物騒だな」

殺されたのは、妾宅を探っていた岡っ引きにちがいない、と彦次は確信した。殺したのは、安造か、その仲間であろう。

彦次はすぐに井戸端を離れ、玄沢の家に足をむけた。

玄沢は座敷で、茶を飲んでいた。朝めしを食べ終えた後の茶らしい。

「彦次、何かあったのか」

玄沢は、彦次の顔を見るなり訊いた。

「材木町の妾の家を見張っていた岡っ引きが、殺《や》られたようですぜ」

「殺されたのは、一昨日《おととい》か」

玄沢が驚いたような顔をして訊いた。

「そのようで」

「一昨日の夜、殺され、昨日、御用聞きや八丁堀の同心などが集ったのだな」

昨日、玄沢と彦次は、材木町に出掛けなかった。二、三日間をとってから、行くつもりだったのだ。妾宅を見張っても、安造は姿を見せないような気がしたからだ。

「下手人は」

玄沢が身を乗り出して訊いた。

「分からねえ」

彦次にも、下手人はだれか分からなかった。

「行ってみるか」

玄沢は手にした湯飲みを脇に置いて立ち上がった。

彦次は道具箱を玄沢の家に置き、ふたりで長屋の路地木戸をくぐった。彦次は、腰切半纏に黒股引という大工や屋根葺きを思わせる恰好をしていたが、途中の小屋で着替えるつもりはなかった。その恰好なら、飛猿と思う者はいないはずである。

彦次たちは掘割沿いの道をたどって歩き、妾宅の見える場所まで来ると、樫の樹陰に身を隠した。

「見ろ、岡っ引きらしい男が、何人かいるぞ」

玄沢が妾宅を指差して言った。

妾宅の吹き抜け門の前に、数人の岡っ引きと下っ引きらしい男たちがいた。八丁堀同心の姿はなかった。昨日のうちに八丁堀同心の検死を終え、今日は下手人の探索のために何人かの岡っ引きが、現場に姿を見せたのだろう。

「旦那、今日来てよかったのかもしれねえ。昨日は、島崎の旦那や、あっしの顔を知っている岡っ引きが、来てたはずでさァ」

彦次が言った。

定廻り同心の島崎は、彦次の顔を知っていたし、玄沢と話したこともある。岡っ引きの殺された現場で顔を合わせれば、島崎は不審に思うだろう。

「近付いてみるか」

玄沢が言った。

「そうしやしょう」

玄沢と彦次は、通行人を装って妾宅に近寄った。

集っている岡っ引きたちの近くに、横たわっている死体はなかった。殺された岡っ引きは、昨日のうちに身内の者に引き取られたのかもしれない。

玄沢たちは、集っている岡っ引きたちのそばに足をとめた。近くに、通りすがりの者や近所の住人などが何人もいたので、そのなかに紛れたのである。

彦次は近所の住人たちの会話から、殺された岡っ引きの遺体が、身内の者に引き取られて間がないことを知った。それで、岡っ引きや野次馬たちが、まだ現場に残っているらしい。

彦次は、その場に集っている者たちの会話に耳をかたむけた。何人もの話し声が、彦次の耳に入ってくる。

野次馬たちの会話のなかで、近くに住んでいるらしい年配の男が「御用聞きを斬り殺したのは、二本差しらしい」と口にしたのを耳にし、彦次はその男に身を寄せた。話を聞こうと思ったのである。

「だれか、御用聞きが斬られるのを見てたのかい」

そばにいた若い男が、年配の男に訊いた。

「そうじゃァねえ。……八丁堀の旦那が、御用聞きに話してたのを聞いたのよ。殺された御用聞きは、刀で一太刀《ひとたち》に斬られていたそうだ。それで、御用聞きを斬り殺したのは、二本差しとみたらしい」

年配の男が言った。

「なんで、二本差しが、御用聞きを斬ったんだい」

若い男が訊いた。

「それが分かりゃァ、いまごろ二本差しをお縄にしてるんじゃァねえかな」

「下手人の二本差しがだれか、分からねえんだな」

「おれは、そうみてるぜ」

そう言って、年配の男は胸を張った。

彦次たちは、しばらく人だかりのなかで聞き耳をたてていた。野次馬たちの会話から、妾宅に住む妾の名は、おとせで、姿を消していることが分かった。また、殺された岡っ引きの名は、峰次郎《みねじろう》だった。

「安造が、情婦を連れ去ったんですぜ」

彦次が、玄沢の耳元で言った。

3

「旦那、引き上げやしょう」

彦次が玄沢に言った。これ以上、この場に残って、野次馬たちの話を聞いていても得るものはないとみたのだ。

「そうだな」

玄沢がうなずいた。

彦次と玄沢は人だかりから離れ、来た道を引き返した。

「長屋に帰るか」

玄沢が歩きながら彦次に訊いた。

「いま、長屋に帰るわけ《けえ》にはいかねえ。屋根葺きの仕事に行くといって、長屋を出てきたんでさァ」

「まだ、長屋に帰るのは早いか」

「へい」

「それなら、近所で聞き込んでみるか。わしは、岡っ引きを斬った男のことが気になる。一太刀で仕留めたとすれば、腕のたつ武士とみていい」

「その二本差しは、安造の仲間ですかね」

彦次が玄沢に訊いた。

「まだ、何者か分からんが、仲間とみていいかもしれん」

「厄介なことになったな」

彦次は、武士が仲間なら、安造のことを考え直さなければならない、と思った。

安造は盗人仲間とふたりで島田屋に侵入し、金を奪い、丁稚を殺したとみていた。その安造の仲間に、腕のたつ武士がいるとすれば、安造と仲間の盗人を探し出して討ち取るなり、捕らえて町方に引き渡すなりしても、始末はつかない。

「いずれにしろ、その武士が何者か、つきとめねばならん」

玄沢も、厳しい顔をした。

「旦那、近所で聞き込んでみやしょう。二本差しが何者なのか、知っている者がいるかもしれねえ」

彦次が言った。

「せっかく来たのだ。このまま帰る手はないな」

「人目を引かねえように、すこし離れやしょう」

彦次たちは、妾宅から離れた。

ふたりは、一町ほど歩いたところで足をとめ、その場で別れて聞き込みにあたることにした。

「旦那、一刻（二時間）ほどしたら、またここにもどってくだせえ」

彦次が玄沢に声をかけ、その場を離れた。

ひとりになった彦次は、一町ほど歩いてから、道沿いにあった八百屋に目をとめた。戸口近くの台に大根が並べられ、店の親爺が大根を手にして年配の女と話していた。女は近くの住人らしい。大根を買いに来たのだろう。

彦次は路傍に足をとめ、年配の女が店先から離れるのを待った。ふたりの間に入って、話を訊くわけにはいかなかったのだ。

いっときすると、年配の女は、大根を親爺から受けとって店先から離れた。

彦次はすぐに親爺に近寄り、

「すまねえ。訊きてえことがあるんだが」

と、声をかけた。

「何が訊きてえんで」

親爺は、渋い顔をした。彦次が客ではないと分かったからだろう。

「この先に、妾の住む家があるな」

彦次が指差して言った。

「ありやす」

「近くで、御用聞きが殺されたらしいんだが、知ってるかい」

「聞いてやす」

親爺が、二、三歩、彦次に近付いた。彦次の話に、興味を持ったらしい。

「殺された御用聞きは、峰次郎という名でな。知り合いだったのよ。……知り合いったって、近所に住んでたことがあるだけだけどな」

彦次は、親爺を信用させるために、峰次郎の名を出した。

「そうですかい。……御用聞きも、可哀相《かわいそう》なことをしやした」

親爺が、しんみりした口調で言った。彦次の話を信じたらしい。

「おれは、腑に落ちねえことがあるんだ」

彦次は、首をかしげた。

「何が腑に落ちねえんで」

すぐに、親爺が訊いた。

「近所の者が話してるのを聞いたんだが、峰次郎は妾の住む家を見張ってて、二本差しに斬り殺されたらしいんだ。……あの家に住んでた妾の情夫《いろ》は、安造ってえ名で二本差しじゃァねえ」

彦次は、安造の名も出した。

「あっしも妾の情夫を見たことがありやすが、町人だったな」

親爺が言った。

「おかしいじゃァねえか。峰次郎は、二本差しに殺されたんだぜ」

彦次が親爺に身を寄せて言った。

「二本差しと、何かかかわりがあるのかな」

親爺が、首を捻りながら言った。

「おめえ、あの家に住んでた妾か情夫が、二本差しと歩いているのを見掛けたことがあるかい」

彦次が声をあらためて訊いた。

「情夫が、二本差しと歩いているのを見たことはありやす」

親爺が言った。

「その二本差し、どんな男だった」

彦次の声が、大きくなった。

「大柄な男で、牢人のような感じがしやした」

親爺によると、安造と歩いていた武士は小袖を着流し、大刀を一本落とし差しにしていたという。

「名は聞いてねえか」

「聞いてねえな」

親爺が素っ気なく言った。

「その牢人のことで、何か覚えてることはねえかい」

さらに、彦次が訊いた。

「確か、博奕《ばくち》の話をしてたな。堀川町《ほりかわちょう》に賭場《とば》があるような口振りだったが……」

「堀川町のどこだい」

すぐに、彦次が訊いた。堀川町は材木町の近くだったが、町名が分かっただけでは、探すのがむずかしい。

「分からねえよ。……おめえ、やけにひつっこく訊くじゃァねえか。まさか、御用聞きじゃァあるめえな」

「御用聞きに見えるかい」

「見えねえ」

親爺は素っ気なく言い、「忙しいんでな」と言い置き、店に入ってしまった。

それから、彦次は他の店にも立ち寄って話を訊いたが、新たなことは知れなかった。

4

彦次が妾宅の近くにもどると、路傍で玄沢が待っていた。

「申し訳ねえ。待たせちまったようだ」

彦次が玄沢に身を寄せて言った。

「わしも、来たばかりだ」

玄沢が、「歩きながら話すか」と言って、来た道を引き返し始めた。今日は、このまま長屋に帰ることになるだろう。

「彦次、何か知れたか」

玄沢が訊いた。

「知れやした」

彦次はそう言って、八百屋の親爺から聞いた話をひととおり話した。

「賭場の話は、わしも聞いたぞ」

「堀川町にあるような話だったが……」

「どうだ、堀川町にまわってみるか。ここから、堀川町はすぐだ」

玄沢が言った。

「賭場にあたってみるんですかい」

「そうだ」

「………」

彦次はすぐに答えず、黙したまま歩いた。これ以上、玄沢を連れまわすのは気が引けたのだ。それに、玄沢には、刀研ぎの仕事があるだろう。

「彦次、わしのことを気にしているのか」

玄沢が訊いた。

「旦那にかかわりのねえことで連れまわすのは、気が引けるんでさァ」

彦次は正直に話した。

「彦次、気にするな。わしは、いま研ぎの仕事がなく、暇《ひま》で困っているのだ。……

それに、彦次の家で馳走《ちそう》になることがあるからな。このくらいのことは、せんとな」

玄沢が、屈託のない顔で言った。

「堀川町にまわりやすか」

彦次が言った。

ふたりは、来た道を引き返し、いったん掘割沿いの道にもどった。そして、西にむかった。いっとき歩くと、掘割にかかる橋に突き当たった。橋を渡った先が、堀川町である。

ふたりは堀川町に入ると、掘割の岸際に足をとめた。

「歩きまわっても、賭場は見つかるまい」

玄沢が言った。

「だれかに、訊いてみやすか」

「そうだな。賭場のことを知っていそうな者に訊くしかないな」

「あそこの船寄《ふなよせ》にいる船頭に訊いてきやす」

彦次が、掘割にある船寄を指差した。

半町ほど先に船寄があり、二艘《にそう》の猪牙舟《ちょき》が舫《もや》ってあった。船頭らしい男がひとり、一艘の猪牙舟に乗って、舫い杭《ぐい》に綱を結んでいる。

彦次は石段から船寄に下りると、

「すまねえ、訊きてえことがあるんだが」

と、声高に言った。大きな声でないと、掘割の岸を打つ波音で聞こえないのだ。

男は舫い綱を手にしたまま振り返り、

「何だい」

と、彦次に訊いた。顔が日焼けして赤銅色《しゃくどういろ》をしていた。三十がらみらしい。

彦次は船頭に近付き、

「この辺りと聞いて来たんだがな。知らねえかい」

そう言って、壺《つぼ》を振る真似をしてみせた。

男は戸惑うような顔をして口を閉じていたが、「博奕かい」と小声で言い、

「おれは、入《へえ》ったことはねえが、この先にある空き家らしいぜ」

と言って、大川の方を指差すと、顔を舫い杭にもどした。

「すまねえ」

彦次は男の背に声をかけると、すぐに石段を上がった。

彦次は玄沢のそばにもどり、

「この先のようでさァ」

と小声で言うと、大川の方にむかって歩きだした。

「賭場は、この先にある空き家のようで」

彦次が歩きながら玄沢に言った。

彦次と玄沢は道沿いに目をやりながら歩いたが、空き家らしい家屋は見当たらなかった。

「向こうから来る男に訊いてみやす」

彦次が言った。遊び人ふうの男が、肩を振るようにして彦次たちの方に歩いてくる。

彦次は玄沢から離れて男の前に立ち、

「訊きてえことがあるんだが」

と、小声で言った。

「何でえ」

男は、彦次に警戒するような目をむけた。

彦次は男に壺を振る真似をしてみせ、

「この辺りに、あるらしいな」

と、声をひそめて言った。

男は彦次の顔を上目遣いに見た後、

「おめえ、やるのかい」

と、小声で訊いた。

「そのつもりで、来たのよ」

「この先に、下駄屋があってな。その店の脇を入ると、板塀をめぐらせた空き家があるのよ。そこが賭場だ」

男は、いまはひらいてねえぜ、と言い添えた。

「せっかく来たのに、ひらいてねえのか。……賭場だけでも見ておくか」

彦次はそう言って、男から離れた。

彦次は玄沢のそばにもどると、賭場はしまっていることを話し、

「賭場を見てみやすか」

と、訊いた。

「行ってみよう」

玄沢は、その気になった。

5

彦次と玄沢は、掘割沿いの道を大川の方にむかった。下駄屋の脇の道に入り、一町ほど歩いたろうか。

彦次が路傍に足をとめ、

「その家じゃァねえかな」

と言って、道の右手を指差した。

掘割沿いの道の右手に、雑草を茂らせた空き地があった。その空き地のなかに、板塀をめぐらせた仕舞屋がある。空き地を縫うように小径が、家の戸口までつづいている。

家の前には狭いが庭があり、松や梅などが植えられていた。大店の主人だった男の隠居所か、妾宅のような家屋である。

「賭場は、あの家だな」

玄沢が足をとめて言った。

「戸が、しまっているようですぜ」

家の入口の板戸がしまっていた。戸口近くに人影はない。

「まだ、早いからな。賭場がひらくのは、陽《ひ》が沈むころではないか」

そう言って、玄沢は上空に目をやった。

陽は、まだ高かった。八ツ半（午後三時）ごろではあるまいか。

「おい、だれかいるようだぞ」

玄沢が言った。

家のなかから、話し声が聞こえた。男が何か話している。遠方のため、話の内容は聞き取れないが、男の声であることは分かった。

「近付いてみやすか」

彦次が言った。

「気付かれないようにな」

玄沢もその気になり、ふたりは雑草を茂らせた空き地のなかの小径をたどり、仕舞屋に近付いた。

家のなかから聞こえてくる声が、しだいにはっきりしてきた。話している男は、ふたりらしかった。ふたりとも、物言いが遊び人ふうである。

彦次と玄沢は、戸口近くに植えられたつつじの陰に身を隠した。家のなかの話し声が、はっきりと聞こえるようになった。

ふたりの男の話から、賭場をひらいている親分は、権蔵《ごんぞう》という名らしかった。また、賭場は陽が沈むころひらかれることが知れた。

ふたりの男は、永代寺門前町《えいたいじもんぜんちょう》にある女郎屋の話を始めた。卑猥《ひわい》な会話が、だらだらとつづく。

ただ、話のなかで、「瀬川《せがわ》の旦那」とか「岡っ引きを斬り殺した」などという声が聞き取れた。岡っ引きの峰次郎を斬り殺したのは、瀬川という名の牢人らしい。それに、瀬川は賭場によく顔を出すようだ。

彦次たちは、ふたりの男のやり取りが女郎屋の話に変わったとき、その場から身を引いた。

彦次は小径にもどると、

「賭場がひらくまで、間がありそうですぜ」

と、玄沢に言った。

「腹拵《はらごしら》えでもして、もどるか。……安造が、姿を見せるかもしれんぞ」

「そうしやしょう」

彦次は腹が減っていた。庄兵衛店を出てから、めしを食っていなかったのだ。玄沢もそうだろう。

彦次たちは掘割沿いの道にもどり、一膳めし屋を目にとめて入った。ふたりは酔わない程度に酒を飲み、めしで腹を満たしてから店を出た。

陽は西の空にまわり、家々の軒下や樹陰には淡い夕闇が忍び寄っていた。半刻(一時間)もすれば、辺りは夕闇につつまれるだろう。

彦次たちは来た道を引き返し、仕舞屋のある空き地の近くまで来て足をとめた。

「旦那、空き地に何人かいやす」

彦次が、空き地を指差して言った。

「身を隠した方がいいぞ」

玄沢は、空き地のなかを仕舞屋にむかって歩いていく男たちを目にしたようだ。

賭場に来た客たちらしい。さらに、後から来る客が、彦次たちのいる道を通って賭場にむかうはずである。彦次たちを目にすれば、騒ぎたてるかもしれない。

彦次たちは、道沿いで枝葉を茂らせていた樫の樹陰に身を隠した。そこからも、小径と賭場を見ることができる。

ふたりが樹陰に身を隠していっときすると、ひとり、ふたりと賭場の客らしい男が姿を見せた。空き地のなかの小径をたどって仕舞屋にむかって歩いていく。

仕舞屋の戸口には若い男が立っていて、近付いてくる男に声をかけ、戸口からなかへ入れた。若い男は下足番らしい。

それから小半刻（三十分）ほどしたとき、四人の男がやってきた。なかにひとり、牢人体《てい》の男がいる。

三人は貸元の権蔵と中盆、それに壺振りであろう。牢人体の男が、瀬川ではあるまいか。貸元は賭場の親分で、中盆は賭場を仕切る男である。

権蔵と思われる男は五十がらみ、恰幅がよく、どっしりとした感じがした。

四人の男が戸口に立つと、下足番の若い男が頭を下げて四人を迎え、家のなかへ案内した。

「まだ、来るぞ」

玄沢が、通りの先に目をやって言った。

男が三人、話しながら歩いてくる。小袖を裾高に尻っ端折りした遊び人ふうの男がふたり。もうひとりは、腰切半纏に黒股引姿のずんぐりした体軀の男である。

三人は樫の樹陰にいる彦次たちに気付かず、話をやめなかった。三人は、博奕のことを話していた。賭場が近付いて気が昂ってきたのか、声が大きかった。三人のやり取りがはっきりと聞き取れた。

三人は、話のなかで名を呼び合っていた。話しながら、彦次たちが身を隠している樫の木のそばを通り過ぎていく。

三人のなかの遊び人ふうの男が、腰切半纏姿の男に「安造」と声をかけた。

……安造だ！

彦次が胸の内で声を上げ、樹陰から飛び出そうとした。

すると、彦次の肩を玄沢がつかみ、

「駄目だ！　いま、安造を押さえようとすれば、賭場から大勢飛び出してくるぞ」

そう言って、彦次をとめた。

彦次はその場に立ったまま、安造を見据えている。

安造たち三人は、仕舞屋の戸口にいた下足番の男になにやら声をかけ、なかに入った。これから、賭場で博奕を打つのだろう。

「彦次、どうする」

玄沢が訊いた。

「このまま長屋に帰る気《け え》にはなれねえし……。旦那は、先に帰ってくだせえ。あっしは、もうすこし、ここで見張ってみやす。やつが出てくるかもしれねえ」

「彦次が残るなら、わしも残る」

玄沢が身を乗り出して言った。

6

彦次と玄沢は、あらためて樫の陰にもどった。

辺りが暗くなると、彦次たちのいる場からも仕舞屋から洩れる灯が見え、男たちのざわめきや笑い声などが聞こえてきた。博奕はつづけられているようだ。

それから、一刻（二時間）も経《た》ったろうか。仕舞屋の戸口で、話し声が聞こえた。見ると、商家の旦那ふうの男がふたり、戸口から出てきた。ふたりの男は、下足番の男になにやら声をかけてから、空き地のなかの小径をたどり始めた。どうやら、ふたりは博奕を切り上げて帰るらしい。

「わしが、ふたりに訊いてみる」

そう言って、玄沢は樹陰から出ると、路傍に立った。そこで、ふたりが近付くのを待つ気らしい。

ふたりの男は路傍に立っている玄沢に気付くと、ギョッとしたように立ち竦んだ。辻斬《つじぎ》りとでも思ったのだろうか。

「すまぬ。脅かしてしまったか」

玄沢が、苦笑いを浮かべて言った。月光のせいか、夜陰のなかに玄沢の白い歯が妙にはっきりと見えた。

「ど、どなた様で」

小柄な男が訊いた。声が震えている。まだ、怯《おび》えているようだ。もうひとりは、痩身ですこし猫背だった。

「わしは、そこの賭場に来たのだがな。いまから入るのは、すこし気が引けてな。どうしたものかと、迷っているのだ」

玄沢がもっともらしく言った。

「そうでしたか」

痩身の男が、ほっとしたような顔をした。

「歩きながらでいい。賭場のことで、訊きたいことがあるのだ」

そう言って、玄沢がゆっくりと歩きだした。

小柄な男は、まだ不審そうな顔をしている。

「なかに、安造という男は、いなかったか」

玄沢が声をひそめて訊いた。

「安造という男と、何かかかわりでもおありですか」

と、痩身の男が警戒の色を浮かべて訊いた。玄沢が、安造の名を出したからであろう。

「いや、安造がいたら、このまま帰ろうかと思って……」

玄沢は語尾を濁した。

すると、小柄な男が、

「いましたよ」

と、小声で言った。

「実は、安造という男に、金を脅し取られたことがあってな。めずらしく、わしに付きがあったらしく、勝ったのだ。……その夜、賭場からの帰りに、跡を尾けてきた安造に金を脅し取られた。それで、安造がいるときは、賭場に入らないようにしているのだ」

玄沢は、作り話をもっともらしく口にした。

「そうでしたか」

小柄な男が言った。顔から、不審そうな表情が消えている。玄沢の話を信じたようだ。

「てまえも、安造という男には近付かないようにしています」

瘦身の男が口を挟んだ。この男からも、警戒の色が消えている。

「何かあったのか」

「噂ですがね。安造という男は、盗人だと口にする者がいるんですよ」

痩身の男が、玄沢に身を寄せて言った。

「盗人とな」

玄沢は驚いたような顔をしてみせた。

「そうです。てまえは、安造の生業《なりわい》を聞いたことがありません。決まった仕事はしてないようです。それなのに、大金を持っていて、驚くほど賭《か》けることがあります」

痩身の男が言った。

「盗人かもしれないな」

玄沢が、歩きながらつぶやいた。

「てまえは、安造と離れた場に座るようにしています」

痩身の男が言うと、

「てまえも、そうです」

もうひとりの小柄な男が、言い添えた。

「安造だが、いっしょに賭場に来る仲間は、いるのか」

玄沢が訊いた。

った。

小柄な男が、玄沢に身を寄せ、「それが、二本差しなんです」と声をひそめて言った。

「武士か」

玄沢が、すぐに訊いた。

「牢人のようですがね。安造は、瀬川の旦那と呼んでましたよ」

「瀬川な」

玄沢は瀬川の名は知っていたが、首をかしげた。ふたりからさらに聞き出すために、知らないふりをしたのだ。

「瀬川というお侍も、大金を賭けることがありましてね。てまえたちは、辻斬りでもしているのではないかと、陰で噂してるんです」

「瀬川という男にも、近付けないな」

玄沢はそう言った後、

「安造は、他の場所で見掛けたことがあるのだが、塒はどこか知っているか」

と、訊いた。安造が囲っている情婦の住居は知っていたが、安造自身の住処《すみか》は知らなかったのだ。

「知りませんねえ」

痩身の男が、小柄な男に目をやって「知ってるかい」と小声で訊いた。

「貸元のところで、寝起きしていると聞いたことがありますよ」

小柄な男が言った。

「貸元は権蔵だったな」

玄沢が権蔵の名を口にした。

「そうです。……たしか、権蔵親分が住んでいるのは、船宿だったな」

痩身の男が言った。

「玉乃屋《たまのや》ですよ」

すぐに、小柄な男が船宿の名を口にした。

「玉乃屋は、どこにあるのだ」

「佐賀町です。永代橋の近くですから、行けばすぐに分かりますよ」

小柄な男が言った。

「いや、色々話を聞いて、賭場の様子が分かった。……しばらく、賭場には行けないな。どうも、胡乱《うろん》な男が出入りしているようだし、金がつづかん」

そう言って、玄沢は路傍に足をとめた。そして、ふたりの男が夜陰のなかに遠ざかってから、踵を返して彦次の元にもどった。

7

玄沢は彦次に、ふたりの男から聞いたことを一通り話してから、

「どうだ、帰りがけに、玉乃屋を覗いてみるか」

と、言い添えた。

「旦那、明日にしやしょう。もう、夜も更けていやす。玉乃屋も閉じているはずですぜ」

彦次は、おゆきとおきくのことが気になっていた。夜になっても帰らない彦次のことを心配しているだろう。

「そうだった。……わしは、何時《いつ》になっても構わんが、彦次にはおゆきさんとおきくちゃんがいたな。急いで帰ろう」

玄沢が、慌てた様子で歩きだした。

彦次と玄沢は、夜陰につつまれた大川端の道に出ると川上に足をむけた。明るいうちは、人通りの多い大川端の道も、いまは人影がなかった。大川の流れの音だけが轟々《ごうごう》と、耳を聾《ろう》するほどに聞こえてくる。

彦次たちは仙台堀にかかる上ノ橋を渡ると、すぐに右手にまがった。そして、仙台堀沿いの道を東にむかった。いっとき歩くと、伊勢崎町に入った。夜陰のなかに庄兵衛店につづく路地木戸が見えると、ふたりは小走りになった。

庄兵衛店は、夜陰につつまれていた。長屋の家々から洩れる灯の色はなく、家の腰高障子の前を通ると、鼾《いびき》や夜具を撥《は》ね除《の》けるような音が聞こえた。住人たちは、寝入っているようだ。

玄沢と彦次は小走りになり、彦次の家が見えると、

「まだ、起きているぞ」

玄沢が指差して言った。

彦次の家の腰高障子が、家のなかの明かりでぼんやりとひかっている。行灯が点《とも》っているらしい。

彦次は玄沢の家に置いてもらっていた道具箱を担いだまま腰高障子を開け、「おゆき、起きていたのか」と声をかけ、土間に入った。玄沢は彦次の後ろにつづいた。

おゆきは、座敷のなかほどに心配そうな顔をして座っていたが、彦次の顔を見るなり、

「おまえさん!」

と声を上げ、立ち上がると、ふらつくような足取りで戸口の方に歩いてきた。泣き出しそうな顔をしている。

座敷の奥の布団に、おきくの顔が見えた。眠っているらしく、寝息が聞こえた。

「すまねえ。遅くなっちまった」

彦次が首をすくめて言った。

「どうしたの、こんなに遅く」

おゆきの心配そうな顔に、ほっとしたような表情が浮いた。彦次の無事な姿を目にしたからだろう。

彦次が口をひらく前に、玄沢が、

「わしが悪いのだ。佐賀町で、彦次と顔を合わせてな。わしが一杯飲もうと誘った

のだ。……つい、酒が過ぎて、いまになってしまった」

そう話した後、すまぬ、と言って、頭を下げた。

「いや、おれが悪い。夜が更けても、腰を上げなかったのは、おれだからな」

彦次が言うと、おゆきは表情をやわらげ、

「仕方ないわね。男のひとは酒が入ると、腰が重くなるんだから」

と言って、玄沢に顔をむけて笑みを浮かべた。

玄沢はほっとした顔をして、「家に帰って、一眠りしよう」と言い残し、戸口から出ていった。


翌日、彦次が家を出たのは、四ツ（午前十時）ごろだった。今朝は遅くまで寝ていたため、いまになってしまったのだ。

彦次は長屋を出る前、玄沢の家に立ち寄った。玄沢は座敷のなかほどで、めしを食っていた。朝起きてからめしを炊いたらしく、飯を盛った丼から湯気がたってている。菜《さい》は、たくあんだけらしかった。小皿の上に、薄く切ったたくあんが載っている。

「すぐ、食い終わる」

玄沢が言った。

その言葉どおり、彦次が上がり框に腰を下ろしていっとき待つと、玄沢は遅い朝食を終えた。

玄沢は茶碗や小皿などを土間の隅の流し場に運び終えると、彦次に目をやり、

「彦次、今日はどうする」

と、流し場の前に立ったまま訊いた。

「旦那、今日は、あっしひとりで行きやす。いつも、旦那の手を借りるわけには、いかねえ」

彦次が言った。

「いや、わしも、研ぎの仕事がないのでな。長屋にいても、やることがないのだ」

玄沢が苦笑いを浮かべた。

「あっしは、玉乃屋を探ってみるつもりでいやす。あっしになりすまして島田屋に押し入った安造ともうひとりの男は、玉乃屋に出入りしているとみてるんでさァ」

彦次には、ふたりが玉乃屋に出入りしている確信はなかったが、何かかかわりが

あるような気がしたのだ。

「わしも、行く」

玄沢はその気になっていた。

彦次も、玄沢が同道してくれるなら心強いので、いっしょに玉乃屋のある佐賀町へ行くつもりになった。

彦次と玄沢は長屋を出ると、仙台堀沿いの道を通って大川端に出た。そして、上ノ橋を渡り、大川端沿いの道を川下にむかった。上ノ橋のたもとから大川沿いに、広く佐賀町がつづいている。

彦次たちは川下にむかっていっとき歩いた後、通り沿いにあった下駄屋に立ち寄り、玉乃屋はどこか訊いてみた。

「玉乃屋は、永代橋の近くでさァ」

下駄屋の親爺によると、永代橋のたもと近くまで行くと、通り沿いに船宿の玉乃屋があるという。玉乃屋の前が桟橋になっていて、猪牙舟が舫ってあるので、行けば分かるそうだ。

「主人《あるじ》の名は、知ってるかい」

彦次が念のために訊いてみた。

「知りやせん」

親爺が、素っ気なく言った。本当に知らないのか、知っていても口にしたくなかったのか分からない。

「手間を取らせたな」

彦次は、親爺に礼を言って店先から離れた。

8

彦次と玄沢は、大川端の道を川下にむかって歩いた。

ふたりは永代橋が近付くと、大川の岸に目をやりながら歩いた。桟橋を見落とさないように、気を遣ったのである。

「旦那、そこに桟橋がありやす」

彦次が大川の岸を指差して言った。

桟橋には、三艘の猪牙舟が舫ってあった。一艘の舟に、船頭らしい男が乗っていた。船底に、茣蓙《ござ》を敷いている。客を乗せる準備をしているのかもしれない。

栈橋と道を隔てた向かいに、二階建ての建物があった。船宿らしい。二階は、客を入れる座敷になっているようだ。

そのとき、船宿の戸口から船頭らしい男がひとり出てきた。桟橋にむかって歩いていく。この男も、舟を出す準備をしに行くのかもしれない。

「旦那、どうしやす」

彦次が訊いた。

「船頭をつかまえて、直接訊くわけにはいかないな。近所で、それとなく訊いてみるしかないか」

玄沢が言った。

「また、別々に聞き込みやすか」

「そうだな。……船宿からすこし離れて、話を訊いた方がいい。どこに、権蔵の子分の目がひかっているか、分からないからな」

「一刻（二時間）ほどしたら、また、この場にもどりやす」

彦次は、そう言って玄沢と別れた。

ひとりになった彦次は、川下に足をむけた。船宿から、離れようと思ったのである。途中、船頭らしい男が通りかかったので、

「そこの船宿は、玉乃屋かい」

と、訊いてみた。念のために、確かめようと思ったのだ。

「そうでさァ」

船頭らしい男が言った。

「羽振りがいいようだな」

彦次が、それとなく言った。

「まァな。権蔵の旦那が、色々やってるからな」

男は苦笑いを浮かべてそう言い残し、足早に彦次から離れていった。船宿が近いこともあって、権蔵のことは話したくなかったようだ。

彦次は、通り沿いの店に目をやりながら歩いた。玉乃屋のことが聞けそうな店を探したのである。

通り沿いに店屋が並んでいたが、客がいたり、店先にだれもいなかったりで、玉乃屋のことを聞けそうな店はなかった。

……あの船頭に、訊いてみるか。

彦次は、大川の船寄にいる船頭に目をとめた。

ちいさな船寄で、猪牙舟が一艘舫ってあるだけだった。船頭は、船梁《ふなばり》に腰を下ろして、煙管《キセル》で煙草《タバコ》を吸っていた。仕事を終えて、一休みしているようだ。

彦次は川岸の石段を下りて、船寄に下り立った。

船頭は彦次に気付くと、煙管を手にしたまま彦次に体をむけ、

「何か用かい」

と、声高に訊いた。大きな声でないと、大川の流れの音に掻き消されてしまうのだ。

「この近くで、仕事をしているのかい」

彦次も、大きな声で訊いた。

「そこの店で、奉公しているのよ」

船頭は、通り沿いにある店を指差した。大きな店で、脇に倉庫もある。魚油《ぎょゆ》を扱う魚油問屋らしい。

「訊きてえことがあるんだ」

彦次は舟に近付いた。

「何だい」

「この先に、玉乃屋ってえ船宿があるな」

「あるよ」

船頭が素っ気なく言った。

「評判はどうだい。おれの知り合いが、船宿で一杯やりてえと言い出してな。近くを通りかかったんで、評判を訊いてみようと思ったのだ」

彦次が、もっともらしく言った。

「あの船宿は、やめた方がいいな」

船頭が顔をしかめた。

「何か、悪い噂でもあるのかい」

「ああ、近所の者は、かかわりを持たねえようにしてるぜ。……どんな目に遭わされるか、分からねえからな」

「どういうことだい」

彦次が訊くと、船頭は舟から船寄に下り、

「店の主人が、悪党たちの親分でな。若いころは、盗人だったという噂もあるぜ」

と、彦次の耳元に顔を近付けて言った。大川の流れの音に、掻き消されないように近付いたらしい。

船頭はそれだけ言うと、石段を上がって、船寄から出ていった。店にもどるようだ。

それから、彦次は通り沿いの店に立ち寄って、玉乃屋のことを訊いたが、新たなことは分からなかった。ただ、彦次が訊いた相手は口をそろえて、主人の権蔵を悪く言い、彦次に近寄らない方がいいと忠告した。

彦次が船宿の近くにもどると、玄沢の姿があった。

「すまねえ、遅れちまった」

彦次が玄沢に声をかけた。

「わしも、いま来たところだ」

玄沢は、「歩きながら話すか」と言って、川上にむかって歩きだした。

「あっしから、話しやす」

そう言って、彦次が船頭から聞き込んだことを話した。

「わしが訊いた男も、権蔵のことを悪く言ってたな。若いころ、盗人だったらしいと話す者もいたぞ」

「安造は、盗人だった権蔵のところに身を寄せているわけだ」

「盗人繋《つな》がりか」

玄沢が納得したような顔をした。

「安造と組んで、島田屋に押し入ったもうひとりも、玉乃屋にいるかもしれねえ」

彦次が、虚空を睨《にら》むように見据えて言った。

第三章　盗人宿

1

彦次は腰切半纏に黒股引姿で、道具箱を担いで長屋を出た。おゆきには、仕事場に行くと言ってある。ただ、屋根葺きの仕事はなかったので、権蔵のことを探りに行くことになるだろう。

陽《ひ》はだいぶ高かった。五ツ（午前八時）を過ぎているのではあるまいか。

彦次が長屋の井戸端のところまで来たときだった。玄沢の姿が見えた。慌てた様子で、近付いてくる。

彦次は、玄沢の方に走った。何か、容易ならざることが起こったようだ。

玄沢は彦次の前に立つなり、

「ひ、彦次、また、飛猿だ！」

と、息を弾ませて言った。

「飛猿がどうしたんです」

彦次が訊いた。

「両替屋に押し入った！」

「な、なに、飛猿が、両替屋に……！」

彦次は息を呑んだ。刃物で、心ノ臓を突き刺されたような強い衝撃を受けた。島田屋に入ったふたり組の飛猿の始末もつかないうちに、別の店に飛猿が押し入ったという。

「また、ふたり組らしいぞ」

玄沢が言った。

「だれに聞いたんです」

「長屋の者ではなく、近所の住人だ」

玄沢が口早に話したことによると、今朝、長屋の路地木戸近くを通りかかったふたりの職人ふうの男が、飛猿のことを話しているのを耳にしたそうだ。

玄沢は気になり、ふたりに訊くと、飛猿が日本橋横山町《よこやまちょう》二丁目にある大沢屋《おおさわや》という両替屋に押し入ったという。

「また、千両箱が奪われたようだ」

玄沢が声高に言った。

「殺された者は」

彦次が身を乗り出して訊いた。

「幸い、殺された者はいないらしい」

「どうして、飛猿が押し入ったと知れたんです」

「また、宝船の絵が置いてあったようだ。……それに、昨夜は風があり、店に入った手口も、島田屋と似ているらしい」

「押し入ったのは、ふたりですか」

彦次が念を押すように訊いた。

「はっきりしないが、ふたりのようだ」

「し、島田屋と同じだ。安造ともうひとりの男が、飛猿が押し入ったように見せかけたのだ」

彦次の声が怒りで震えた。

「彦次、落ち着け。……おまえの濡れ衣を晴らすためにも、何としても安造たちを捕らえねばならん」

玄沢の顔は、いつになく厳しかった。

「大沢屋に行ってみやす」

彦次は、大沢屋に押し入った手口を知りたかった。島田屋と同じふたりではないかもしれない。

「わしも行く」

「道具箱は、旦那の家に置いていきやす」

「そうしてくれ」

彦次と玄沢は路地木戸を出ると、大川端の道にむかった。

日本橋横山町に行くには、大川にかかる新大橋を渡り、川沿いの道を川上にむかうのが早い。

彦次たちは大川端に出ると、川上にむかい、新大橋を渡った。そして、いっとき川上にむかって歩き、薬研堀《やげんぼり》の手前まで来て、脇道に入った。そして、北にむかって歩き、横山町三丁目に出た。そこは、奥州街道だった。行き交う人々のなかに、旅人や駄馬を引く馬子の姿なども目についた。

「大沢屋は、二丁目だったな」

そう言って、玄沢が先にたち、街道を西にむかった。

ふたりが街道をいっとき歩くと、道沿いの土蔵造りの店の前にひとだかりができているのが見えた。通りすがりの野次馬たちのなかに、町奉行所の同心の姿があった。岡っ引きや下っ引きも集っている。

「あの店だ」

玄沢が指差して言った。

ふたりは大沢屋に近付くと、通行人を装い、集っている野次馬たちのなかに紛れた。玄沢はともかく、彦次は町方同心や岡っ引きたちの目に触れたくなかったのだ。

店の右手の大戸が、一枚だけあけられていた。その近くに、岡っ引きや下っ引きが集っている。そこが、店の出入口になっているらしい。

「島崎の旦那だ」

彦次が、出入口になっている場を指差して言った。

町方同心の島崎源之助の姿があった。彦次と玄沢は、島崎のことをよく知っていた。島田屋でも顔を見ていたし、以前、彦次がかかわった事件のおりに島崎が探索にあたり、下手人を捕縛したことがあった。

ただ、飛猿と呼ばれる盗人の彦次が、島崎と話すことはなかった。玄沢が事件の真相を島崎に話し、下手人を捕らえてもらったのだ。

島崎は出入口近くにいた何人かの岡っ引きに、近所で聞き込みにあたるよう指示していた。話が終わると、岡っ引きたちはすぐにその場を離れた。

「わしが、島崎どのに訊いてみる」

そう言って、玄沢は島崎に近付いた。

彦次は慌ててその場を離れ、野次馬たちのなかに身を隠した。島崎と顔を合わせて話を聞くことはできなかったのだ。

彦次は離れた場所で、玄沢と島崎に目をやっている。

2

「島崎どの、お久し振りでござる」

玄沢が島崎に声をかけた。

「玄沢どのか。また、会ったな」

島崎が苦笑いを浮かべた。

「押し入った賊は、何者ですか」

玄沢は、飛猿の名を出さずに訊いた。

「島田屋に押し入ったのと同じ賊だ。ふたり組らしい」

「店のまわりに集っている者のなかに、飛猿と口にする者がいたのだが……」

玄沢が、飛猿の名を口にした。

「島田屋と同じ手口だ。店の帳場机の上に、宝船の絵が置いてあったのよ」

島崎が声をひそめて言った。まわりにいる野次馬たちに聞こえないように気を遣ったらしい。

「宝船の絵か」

玄沢が念を押すように訊いた。

「そうだ。あの絵を見れば、大沢屋に押し入った賊は、飛猿とみるだろうな」

「奉公人のなかに、殺された者がいるのか」

すぐに、玄沢が訊いた。

「いない。奉公人たちは寝入っていて、朝まで賊が押し入ったことに気付かなかったようだ」

「奪われた金は」

玄沢が矢継ぎ早に訊くと、島崎はいっとき口を閉じていたが、

「まるで、玄沢どのが町方のようではないか」

と言って、苦笑いを浮かべた。

「いや、すまん。どうも、賊のことが気になってな」

「まァ、いい。玄沢どのに、飛猿のことを隠すつもりはないからな」

島崎はそう言った後、

「奪われた金は、千両箱ひとつ。千両ちかく入っていたそうだ」

と、小声で言い添えた。

「奪った金も、島田屋とほぼ同じか」

「賊も同じだ」

島崎によると、店の奉公人たちは寝入っていて、賊の姿を見掛けた者はいなかっ

たが、近所に住む男が酒に酔って、深夜、大沢屋の前を通りかかり、戸口から出ていくふたりの賊の姿を目にしたという。

「侵入の手口も、同じだ」

島崎が、賊は表戸の脇のくぐりの板を破り、そこから手を入れて猿をはずしたことを話した。

「やはり、押し入ったのは、飛猿とみているのか」

玄沢が声をあらためて訊いた。

「どうかな」

島崎はそう言った後、いっとき黙考していたが、

「おれが、どうみようと、ここに集っている町方同心や御用聞きたちは、いずれも飛猿の仕業とみている」

と、玄沢を見据えて言った。

「宝船の絵が置いてあったからか」

玄沢が言った。

「そうだ」

「だがな、飛猿は、いつもひとりで盗みに入っていた。それに、千両もの大金を奪ったことはない。せいぜい三十両ほどだ。あまりに、違いが大きいではないか」

「おれも、そのことは知っている」

そう言った後、島崎はさらにつづけた。

「だがな、飛猿が盗人仲間と手を組み、手口を変え、多額の金を奪うようになっても、不思議はない」

「うむ……」

「それにな、島田屋もそうだが、この店に入ったのも腕のいい盗人だ。侵入の手口も、金を奪った後、姿を消すのも手際がいい。飛猿とみるのも、当然だな」

「だがな」

玄沢の口から、安造の名が出かかったが、思いとどまった。町方が下手《へた》に安造を捕らえようとすると、船宿を隠れ蓑《みの》とし、賭場をひらいたり、盗人の安造を匿《かくま》ったりしている親分の権蔵は、姿を消すだろう。それに、安造が、飛猿にみせて島田屋と大沢屋に押し入ったひとりとしても、もうひとりが、何者で何処《どこ》にいるかもつかんでいないのだ。

玄沢が黙ると、島崎が、

「玄沢どの、何か知っていそうだな」

と言って、玄沢の顔を覗くように見た。

「い、いや、わしの思い違いかもしれん」

玄沢はそう言った後、いっとき間を置き、

「はっきりしたら、島崎どのに盗賊一味を捕らえてもらうことになるかもしれん」

と、小声で言った。近くにいる者たちに、聞こえないように気を遣ったのだ。

島崎は無言でうなずいた。

玄沢が戸口から離れると、彦次が足早に近寄ってきた。

「旦那、何か知れやしたか」

彦次が声をひそめて訊いた。

「いや、新たなことは、何も分からぬ。島田屋のときと同じだ。ふたり組の賊が押し入り、千両箱をひとつ奪ったらしい。やはり、店の帳場机の上に、宝船の絵が置いてあったそうだ」

「あっしがやったように、見せるためだな。汚《きたね》え手を使いやがって」

彦次の顔が、怒りに染まった。

「彦次、そう熱くなるな。下手に騒ぎ立てると、やつらの思う壺だぞ」

玄沢が、なだめるように言った。

「分かってやす」

彦次が首をすくめた。

「こうなったら、わしらの手で安造を捕らえ、飛猿になりすまして店に盗みに入ったひとりとして、島崎どのに引き渡してもいいな。すくなくとも、飛猿でないことははっきりする」

「旦那、それがいい」

彦次が身を乗り出して言った。

3

彦次は日本橋横山町に出掛けた翌日、すこし早めに長屋を出た。途中、玄沢の家に寄ると、玄沢はちょうど朝めしを食べ終えたところだった。

「彦次、すぐ出られるぞ」

そう言って、玄沢は箱膳を座敷の隅に置き、刀を手にして土間へ下りた。

「行くか」

玄沢が声をかけた。

「へい」

彦次と玄沢は長屋を出ると、仙台堀沿いの道を西にむかって歩き、大川端へ出た。

彦次たちは、大川端の道を川下にむかった。永代橋の近くにある玉乃屋へ行くつもりだった。

この日は曇天だった。まだ、五ツ（午前八時）ごろのはずだが、夕暮れ時のように薄暗かった。いつもより、人通りも少なかった。ふだんは大川端の道を行き来する人が多いのだが、今朝はまばらである。

彦次たちは、前方に船宿の玉乃屋が見えてきたところで足をとめた。そして、玉乃屋とその周辺に目をやった。

以前、見たときと変わりはなかった。店を出入りするのは船宿の客ではなく、遊び人ふうの男や船頭らしい男が目についた。船宿の客は、すくないのだろう。

彦次たちは、大川の岸際に植えられた柳の樹陰に身を隠し、あらためて玉乃屋に目をやった。しばらく、その場で玉乃屋を見張ろうと思ったのだ。

親分の権蔵、安造、牢人の瀬川は、なかなか姿を見せなかった。出入りしているのは、船頭や下っ端と思われる若い男ばかりである。

「彦次、なかなか姿を見せんな」

玄沢が生欠伸《なまあくび》を嚙《か》み殺して言った。

「おかしい。何かあったかな。……旦那、若い衆をひとり捕らえて、様子を訊いてみやすか」

彦次が言った。

「そうだな。こうして、店を見張っていても、出てきそうもないな」

ふたりは、そのまま樹陰に身を隠して若い衆が出てくるのを待った。

それから、小半刻（三十分）も経ったろうか。若い衆がひとり、店から出てきた。小袖を裾高に尻っ端折りし、両脛《りょうずね》をあらわにしていた。若い衆は肩を振るようにして通りに出ると、川下にむかって歩きだした。

「やつを捕らえやしょう」

彦次が身を乗り出して言った。

「彦次、あの男の前にまわり込めるか。わしは、後ろから行く」

「へい、やつの前に出やす」

そう言い残し、彦次は樹陰から出た。

彦次は足早に歩き、若い衆の背後に近付いた。若い衆は彦次には気付かず、肩を振るようにして歩いていく。

彦次につづいて樹陰から出た玄沢も、若い衆の背後に近付いていく。

若い衆の背後に近付いた彦次は、脇をすり抜けるようにして前に出た。そして、足をとめて反転した。

ギョッ、としたように、若い衆は、身を硬くしてその場につっ立った。

「お、おれに、何か用か！」

若い衆が、声をつまらせて言った。

「話がある。おれといっしょに来い」

そう言って、彦次は若い衆に身を寄せた。

「やろう！　そこをどけ」

若い衆は懐に手をつっ込んで、匕首を取り出した。興奮と怒りで、手にした匕首が震えている。

近くを通りかかったふたりの男が若い衆の匕首を目にし、悲鳴を上げてその場から逃げた。

そのふたりと入れ替わるように、玄沢が若い衆の背後に迫った。刀を抜き、刀身を峰に返している。若い衆を峰打ちで仕留める気なのだ。

彦次は、匕首を手にして身構えている男に迫り、

「おめえの相手は、後ろにいるよ」

と、声をかけた。

「な、なに！」

男が振り返った。

そのとき、玄沢が素早く踏み込んだ。そして、手にした刀を横に払った。一瞬の太刀《たち》捌《さば》きである。

峰打ちが、男の脇腹を強打した。

男は手にした匕首を取り落とし、呻き声を上げてよろめいた。そして、足が止ま

ると、両手で腹を押さえて蹲《うずくま》った。

「動くな！」

玄沢が声をかけ、刀の切っ先を男の首筋に突き付けた。

男は両手で腹を押さえたまま蹲っている。そこへ、彦次が素早く男の背後にまわり込んだ。そして、男の両腕を後ろにとって縛った。手際がいい。

「立て！」

彦次が男に声をかけた。

男は立ち上がらず、低い呻き声を上げて蹲っていたが、彦次が男の帯をつかんで強引に立たせた。

「こいつは、あっしの隠れ家に連れて行きやす」

「例の小屋か」

玄沢がそう言うのへうなずくと、彦次は男の後ろ手に縛った縄を手にして歩きだした。玄沢は、男を縛った縄が見えないように、男の脇に立って歩いた。

彦次が捕らえた男を連れていったのは、彦次が隠れ家に使っている小屋である。

彦次は小屋の前に立ち、左右に目をやった。そして、辺りに人影がないのを確かめてから、男を連れて小屋に入った。

4

彦次は小屋の土間に散らかっている壊れた漁具や木箱などを脇に寄せ、古い筵《むしろ》を探してきて土間に敷いた。

「ここは、お白洲《しらす》だ！」

彦次はそう言って、連れてきた男を筵に座らせた。男は青褪《あおざ》めた顔で、彦次のなすがままになっている。

「あっしが、先に訊きやす」

彦次は、玄沢に声をかけてから男の前に立った。

「おめえの名は」

彦次は、名前から訊いた。

男は戸惑うような顔をして口をつぐんでいたが、

「政次郎《まさじろう》でさァ」

と、小声で名乗った。

「政次郎、玉乃屋に安造という男が出入りしているな」

彦次は、安造のことから訊こうと思ったのだ。

政次郎はいっとき黙っていたが、

「いやす」

と、答えた。青褪めていた男の顔に、いくぶん血の気がもどっている。

「安造は盗人だが、知っていたか」

彦次が政次郎を見すえて訊いた。

政次郎は口をつぐんだまま虚空に目をやっていたが、

「知ってやす」

と、肩を落として言った。

「安造の相棒も、玉乃屋にいるな」

彦次は、飛猿になりすまして、島田屋と大沢屋に盗みに入った安造の仲間のことを訊いたのだ。

「瀬川の旦那のことですかい」

政次郎が、彦次に目をやって訊いた。

「ちがう。いっしょに盗みに入った相棒だ」

彦次は、安造がふたりで盗みに入ったことを口にした。仲間内では、安造が盗人だということは知れているだろう。

「桑五郎《そうごろう》という男と、いっしょにいることが多いんですがね。安造兄いの相棒かどうか、分からねえ」

「桑五郎な」

彦次は、桑五郎という名を初めて耳にした。玄沢も同じだろう。

「桑五郎だが、玉乃屋にいることが多いのか」

「へい、安造兄いとちがって、玉乃屋にいることが多いようでさァ」

「堀川町にある賭場には、出掛けないのか」

彦次は賭場のことを口にした。

政次郎は、驚いたような顔をして彦次を見た。賭場のことまで知っているとは、思わなかったのだろう。

「賭場には、出掛けないのか」

彦次が念を押すように同じことを訊いた。

「桑五郎兄いは、玉乃屋をあまり出ねえんでさァ」

政次郎によると、桑五郎は賭場にも出掛けないという。

彦次はいっとき間を置いた後、

「親分の権蔵は玉乃屋の主人に収まるまで、何をしていたのだ」

と、政次郎を見すえて訊いた。

「……聞いてねえ」

政次郎が、戸惑うような顔をして言った。

そのとき、彦次と政次郎のやり取りを聞いていた玄沢が、

「権蔵も、盗人だったのではないか」

と、語気を強くして訊いた。

「そんな話を聞いたことが、ありやす」

政次郎が膝先に視線をむけ、声をひそめて言った。

「権蔵も盗人だったのか。それで、安造や桑五郎は、玉乃屋に身を隠しているのだな」

権蔵は親分格の盗人だったのだろう、と彦次は思った。これで、安造たちと権蔵の繋がりが見えてきたような気がした。

彦次と玄沢が口をとじたとき、

「あっしを帰《けえ》してくだせえ。あっしの知っていることはみんな話しやした」

と、政次郎が彦次と玄沢に目をやって言った。

「政次郎、死にたいのか」

彦次が政次郎を見据えた。

「……………！」

政次郎は、息を呑んだ。顔から血の気が引いている。

「おそらく、おまえがおれたちに捕えられたことは、すぐに権蔵たちに知れる。いや、もう知れているかもしれん。……おまえを捕らえたのは、玉乃屋の近くだ。ここに連れてくるまでの間に、玉乃屋に出入りしている者の目にとまったはずだ」

「そ、そうかもしれねえ」

政次郎の声が震えた。

「おまえは、親分や仲間たちにどう話す。途中で、おれたちを振り切って逃げてきたと話すか。そう話しても、信じまい」

玄沢が言った。

不安と恐怖とで、政次郎の体が顫《ふる》えだした。

「おれたちは、おまえを殺すつもりはない。逃がしてやる。……ただ、命が惜しかったら、しばらく深川を離れて様子をみるのだな」

政次郎は、いっとき戸惑うような顔をしていたが、

「そうしやす」

と、首をすくめて言った。

彦次と玄沢は、政次郎を小屋に残して外に出た。後は、政次郎の好きなようにやらせるつもりだった。

5

彦次は政次郎から話を聞いた日、早めに長屋に帰っておゆきとおきくの三人で夕めしを食べた。そして、おきくを寝かせてから、玄沢の家に足を運んだ。ふたりで、

一杯やりながら今後のことをどうするか、相談するためである。

玄沢は、座敷にいた。膝先に貧乏徳利と湯飲みがふたつ。それに、うすく切ったたくあんをのせた皿が置いてあった。玄沢は彦次とふたりで酒を飲むつもりで、待っていたようだ。

「彦次、ここに来て座れ」

玄沢が手招きした。

「旦那、酒ですかい」

「お茶という気分ではあるまい」

「へい」

彦次は、殊勝な顔をして玄沢の前に腰を下ろした。

「おゆきさんとおきくちゃんは、変わりないか」

玄沢が、貧乏徳利を差し出しながら訊いた。

「へい、あっしが帰《けえ》ってくるまで、ふたりは夕めしを待っててくれたんでさァ」

彦次は目を細めて、湯飲みに酒を注いでもらった。

「よかったな。……彦次、女ふたりを泣かせるなよ」

玄沢は、顔の笑みを消して言った。

「分かってやす。ですが、あっしは、飛猿になりすまして人を殺め、大金を奪っている安造たちを見逃すことはできねえ」

彦次が、虚空を睨むように見据えて言った。

「おまえの気持ちは、分かっている。わしも、同じ気持ちだ。それで、手を貸しているのだ」

そう言って、玄沢は酒の入った湯飲みに手を伸ばした。

彦次は湯飲みの酒を飲んだ後、

「あっしの手で、飛猿に化けたふたりを始末してえ」

と、強い口調で言った。

「まず、安造を捕らえて話を訊くことだな」

「そうしやしょう」

彦次も、先に安造を捕らえようと思っていたのだ。

「明日、賭場に行ってみないか。権蔵といっしょに、安造か桑五郎が姿を見せるかもしれん」

玄沢が言った。

「そうしやしょう」

彦次も賭場を見張った方が、安造を捕らえる機会があるとみた。

それからいっとき、ふたりは湯飲みで酒を飲んだ。

「島崎どのは、どうする。安造と桑五郎のことを話しておくか」

玄沢が、思いついたように言った。

「まだ、早《はえ》えな。桑五郎が、飛猿になりすまして盗みに入ったひとりかどうか、はっきりしねえ」

彦次は、権蔵の身辺も、さらに洗う必要があると思っていた。ただ、下手に動くと、彦次が飛猿であると知れてしまう。

「そうだな。島崎どのの指図で、御用聞きたちが勝手に玉乃屋を探ったりすると、安造だけでなく、桑五郎や権蔵も姿を消すかもしれん」

そう言って、玄沢は湯飲みの酒をかたむけた。

彦次と玄沢は、一刻（二時間）ほど酒を飲み、酔ってきたところで、

「旦那、今夜はほどほどにしときやす」

彦次が言って、腰を上げた。

明日は、堀川町にある賭場に行き、権蔵たちのことを探ってみるつもりだった。二日酔いというわけにはいかない。


翌朝、彦次はいつものように腰切半纏に黒股引姿で道具箱を担ぎ、おゆきとおきくに見送られて家を出た。

彦次は途中、玄沢の家に寄り、しばらく時間を過ごしてから家を出た。彦次は手ぶらだった。道具箱は、玄沢の家に置いてきたのだ。

ふたりは、仙台堀沿いの道から大川端へ出た。さらに、彦次たちは大川端沿いの道を川下にむかって歩き、佐賀町に入った。そして、しばらく歩いてから、掘割にかかる橋のたもとを左手に折れた。その道は、掘割沿いにつづいている。

彦次たちは佐賀町から堀川町に入り、さらに掘割沿いの道を歩いて、下駄屋の脇の細い道に入った。

一町ほど歩くと、道沿いに雑草を茂らせた空き地があった。空き地のなかに、板塀をめぐらせた仕舞屋がある。彦次たちは、仕舞屋に見覚えがあった。権蔵が貸元をしている賭場である。

彦次と玄沢は、路傍に足をとめた。仕舞屋はひっそりとして、物音も人声も聞こえなかった。

「だれもいないようだ」

彦次が言った。

「まだ、賭場をひらくには早いからな」

玄沢は仕舞屋に目をやっている。

「ここにいやすか」

「昼めしでも食ってくるか」

玄沢が頭上に目をやって言った。陽は高かったが、まだ昼まではかなり時間がありそうだ。

「腹拵えをしておきやしょう」

彦次が言った。腹は減っていなかったが、近くの一膳めし屋にでも入って、昼めしを食べておこうと思った。

彦次たちは、掘割沿いの道にもどった。そして、以前立ち寄った一膳めし屋に入った。

この前は酒を頼んだが、今日は飯だけにした。瀬川や安造たちと闘うことになるかもしれないのだ。

彦次たちは飯を食べ、一休みしてから一膳めし屋を出た。陽は西の空にまわりかけていた。八ツ（午後二時）前ではあるまいか。

彦次たちは、仕舞屋のある空き地のそばにもどった。見ると、仕舞屋の戸口に人影があった。

「だれか、いるぞ」

玄沢が言った。

「下足番ですぜ」

彦次は、戸口にいる若い男に目をやった。遊び人ふうの男である。賭場の下足番に違いない。

下足番は、ふたりいた。ふたりとも若い男だった。以前見たときも、下足番の若い男がいたが、遠方なので同一人かどうかは分からない。

「まだ、客はいないようだ」

玄沢は、仕舞屋の戸口に目をやったまま言った。

「しばらく、待ちやしょう」

「そうだな」

彦次と玄沢は、路傍で枝葉を茂らせている樫の樹陰に身を隠した。そこは、以前身を隠した場所である
それからしばらくすると、遊び人ふうの男や職人、商家の旦那ふうの男などが、ひとり、ふたりと姿を見せた。賭場の客らしい。

彦次たちが、以前見たときより客の姿が多いようだった。穏やかな晴天のせいかもしれない。陽は沈み、西の空が茜色《あかねいろ》に染まっている。

「来たぞ！　権蔵たちだ」

玄沢が言った。

五人いる。貸元であり、玉乃屋に住む親分でもある権蔵、牢人体の瀬川、中盆らしい男、壺振り、それに安造の姿もあった。

五人が仕舞屋の戸口まで行くと、下足番の若い衆がふたり走り出て、権蔵たちを家のなかに案内した。

権蔵たちは、慣れた様子で入っていく。

6

「どうしやす」

彦次が玄沢に訊いた。

「しばらく様子をみよう」

玄沢が仕舞屋に目をやって言った。

彦次と玄沢は、樫の樹陰に身を隠したまま仕舞屋や通りに目をやっていた。

ひとり、ふたりと、賭場の客らしい男が通りに姿を見せ、空き地のなかの小径をたどって仕舞屋の戸口から入っていく。

そのとき、職人ふうの男がふたり、何やら話しながら彦次たちのそばを通りかかった。賭場にむかうらしい。

彦次が玄沢に身を寄せ、

「あのふたりの後について、近くまで行ってみやす」

と、声をひそめて言った。

「わしもいく」

玄沢も、その気になったようだ。

彦次と玄沢は、ふたりの男が通り過ぎるのを待ち、すこし間をとって、樹陰から通りに出た。

前を行くふたりは、話に夢中になっているらしく、背後にいる彦次たちに気付かなかった。ふたりは、博奕の話をしていた。年嵩《としかさ》の男が、数日前に二両ほど勝ったことを自慢している。ふたりの話のなかに貸元の権蔵のことも出たが、瀬川や安造の名は口にのぼらなかった。

彦次たちは、前を行くふたりが空き地のなかの小径に入ったところで、足をとめた。これ以上近付くと、下足番をしている男に気付かれる。

彦次たちは踵を返し、来た道を引き返した。そして、樫の樹陰に身を隠すと、

「どうしやす」

彦次が訊いた。

「権蔵たちが出てくるまで、待つしかないな。……いっしょに出てくる人数にもよ

るが、安造と権蔵が出てきたら、捕らえてもいい」

親分の権蔵はともかく、安造は、ひとりで出てくるかもしれない、と玄沢が言い添えた。

「安造を捕らえれば、島崎の旦那に引き渡すことができやす」

彦次は、安造が島田屋と両替屋に盗みに入ったひとりだと島崎に話し、身柄を引き渡せば、濡れ衣が晴れるのではないかと思った。

「いずれにしろ、長丁場になるぞ」

玄沢が西の空に目をやって言った。

陽は沈み、西の空に淡い茜色が残っていたが、頭上には星がまたたいている。

「覚悟はしてやす」

彦次たちは、樹陰に身を潜め、権蔵たちが出てくるのを待った。

賭場の博奕が始まったらしく、ときおり客たちのどよめきや歓声などが、耳にとどいた。

それから、半刻（一時間）ほど経ったろうか。辺りは夜陰につつまれ、空には無数の星が輝いていた。

賭場はまだ博奕がつづいているらしく、相変わらず客たちのどよめきや歓声などが聞こえていた。

「出てきた！」

仕舞屋の戸口に目をやっていた彦次が声を上げた。

権蔵と安造、それに若い衆がひとり姿を見せた。権蔵が戸口にいた下足番に何やら声をかけ、三人は仕舞屋から離れた。

おそらく、貸元である権蔵は賭場の客たちに挨拶をし、しばらく別の座敷で博奕の様子を見てから腰を上げたのだろう。権蔵は賭場で客とともに夜を明かすことはなく、様子をみて船宿に帰ることにしているようだ。

「どうしやす」

彦次が、権蔵たちに目をやりながら玄沢に訊いた。

「彦次、いい機会だ。権蔵と安造を捕らえられるぞ」

玄沢が意気込んで言った。

「ふたりを捕らえやしょう」

彦次も、ふたりを取り押さえて町方同心の島崎に引き渡せば、安造の仲間のことも知れるし、権蔵の悪事を暴くこともできるとみた。

彦次と玄沢は、権蔵たちが近付くのを待った。権蔵たちは彦次たちに気付かず、何やら話しながら空き地のなかの小径をたどって通りに出た。

彦次たちは、通りを歩いてくる権蔵たちを見つめている。

このとき、仕舞屋の戸口に人影があらわれた。ふたりの遊び人ふうの男が姿をあらわし、権蔵たちに目をやっている。


彦次たちは、仕舞屋の戸口にあらわれた男たちに気付かなかった。彦次たちは、近付いてくる権蔵たちを見つめている。

権蔵たち三人は、何やら話しながら通りを歩いてくる。

彦次は権蔵たちが近付いたところで、樹陰から飛び出した。そして、権蔵たちの背後にまわり込んだ。素早い動きである。

権蔵たちは、ギョッとしたようにその場に立ち竦んだ。

そのとき、玄沢が樹陰から出て、権蔵たちの前に立ち塞《ふさ》がった。玄沢は抜き身を手にしていた。刀身が夜陰のなかで、銀色《しろがねいろ》に浮き上がったように見えた。背後にまわり込んだ彦次も、匕首を手にしている。

「てめえたち！　ここにいるのは、権蔵親分だぞ」

安造が叫んだ。

「承知の上だ」

玄沢は、手にした刀の切っ先を権蔵にむけた。

「てめえたちか、おれたちのことを探っているのは」

権蔵が、玄沢を睨んで言った。

近くで見る権蔵の顔には、凄《すご》みがあった。ギョロリとした大きな目が、夜陰のなかに浮かび上がったように見えた。鼻が大きく、分厚い唇をしていた。猛獣を思わせるような顔である。

「権蔵、年貢の納め時だ」

そう言って、玄沢が権蔵に一歩近付いた。

すると、脇にいた若い衆が、

「親分に手を出すんじゃァねえ」

と、声を上げ、権蔵の前にまわり込んだ。そして、手にした匕首を玄沢にむけて身構えた。

権蔵たちの背後にまわり込んでいた彦次も、匕首を手にしたまま安造の背後に立った。

7

「安造、桑五郎はどこにいる」

彦次が匕首を安造にむけて訊いた。

すると、安造は反転して彦次に顔をむけ、

「桑五郎なんてえ男は知らねえ」

と、嘯《うそぶ》くように言った。

「桑五郎は、飛猿になりすまして島田屋と大沢屋に盗みに入ったおめえの相棒だ」

彦次は、まだはっきりしなかったが、桑五郎が安造の相棒ではないかとみていたのだ。

「おめえは飛猿か。おれたちのことをよく知ってやがる。……島田屋と大沢屋に入ったのは、おれたちじゃァねえ。おめえじゃァねえか。みんなそう見てるぜ」

安造が薄笑いを浮かべた。安造は、桑五郎が相棒だと彦次が口にしたのを否定せず、おれたちと言った。やはり、桑五郎は安造の相棒で、飛猿を名乗ったひとりとみていいようだ。

「おめえたちをつかまえて、町方に引き渡してやる」

彦次の顔が、怒りに染まった。安造にむけた匕首が、小刻みに震えている。

「町方にお縄になるのは、おめえだよ。……島田屋と大沢屋に忍び込んで金を奪ったのは、飛猿だからな」

安造はそう言うと、懐に手をつっ込んだ。そして、匕首を取り出して身構えた。顎《あご》の下に構えた匕首が、夜陰のなかで獣の牙《きば》のように見えた。

一方、玄沢は権蔵の前に立った若い衆に切っ先をむけた。若い衆は権蔵の前に立って、匕首を玄沢にむけている。その匕首が、震えていた。

玄沢の構えには、隙《すき》がなかった。老いてはいたが、一刀流の遣い手である。

「匕首を捨てろ!」

玄沢が若い衆に声をかけた。

だが、若い衆は目をつり上げ、

「殺してやる！」

と叫びざま、手にした匕首を前に突き出すように構えて踏み込んできた。

咄嗟《とっさ》に、玄沢は右手に体《たい》を寄せて匕首をかわし、刀を袈裟《けさ》に払った。一瞬の太刀捌きである。

玄沢の切っ先が、若い衆の右の前腕を深く斬り裂いた。

ギャッ！　と叫び声を上げ、若い衆は匕首を取り落として、前によろめいた。右腕から流れ出た血が、地面を赤く染めている。

これを見た権蔵は、逃げようとして反転した。

すかさず、玄沢は踏み込み、切っ先を権蔵の首にむけ、

「首を落とすぞ！」

と語気を強くして言った。

そのときだった。玄沢の背後で、走り寄る数人の足音がした。振り返ると、夜陰のなかに四人の姿があった。暗くてはっきりしないが、四人のなかに武士がいた。他の三人は、いずれも遊び人ふうの男である。

「瀬川だ！」

彦次が叫んだ。

武士体の男は瀬川だった。他の三人は、賭場にいた権蔵の子分たちであろう。四人はばらばらと走り寄り、権蔵に近付くと、

「おれが、年寄りを片付ける。てめえたちは、若造を始末しろ！」

瀬川が声高に言った。

その声で、いっしょに来た三人の男が、彦次を取り囲むように走り寄った。

彦次は慌ててその場から逃げ、樫の木を背にして立った。背後から襲われるのを避けようとしたのだ。

彦次の前に立ったのは、安造だった。

「おめえが死んでも、飛猿は死なねえからな」

そう言って、安造は薄笑いを浮かべた。

「畜生、死んでたまるか」

彦次は、匕首を手にして身構えた。

すると、ふたりの男が、彦次の左右にまわり込んできた。ふたりとも、匕首を手

にして身構えている。

これを見た権蔵は、慌てて子分たちの背後に身を引いた。

玄沢は瀬川と対峙《たいじ》した。

ふたりの間合は、およそ二間半――。真剣での立ち合いの間合としては、かなり近い。道幅が狭いことと夜のせいである。暗い場所だと、どうしても間合が近くなるのだ。

玄沢は青眼《せいがん》に構え、切っ先を瀬川の目にむけていた。対する瀬川は八相《はっそう》だった。刀の柄《つか》を握った両手を高くとり、刀身を垂直に立てていた。その刀身が、夜陰のなかで青白くひかっている。

瀬川の顔に、驚いたような表情が浮いた。年寄りとみて侮っていた玄沢の構えを見て、遣い手だと分かったからだ。

「おぬし、何流を遣う」

瀬川が訊いた。

「一刀流。……おぬしは」

「おれは、馬庭念流《まにわねんりゅう》だが、いまは瀬川流だ」

瀬川が嘯くように言った。

馬庭念流は、上州《じようしゅう》の樋口《ひぐち》家に伝わる流派である。おそらく、瀬川は上州の地で馬庭念流を身につけたのだろう。その後、江戸に出て、やくざ者や盗人などと付き合うようになり、多くの人を斬ってきた。そうした斬り合いのなかで、自己流の剣を身につけたにちがいない。

……こやつ、侮れぬ。

玄沢は、胸の内でつぶやいた。人を斬ることで身につけた人斬りの剣は、真剣勝負で思わぬ力を発揮することを玄沢は知っていた。

玄沢と瀬川は、二間半の間合をとったまま動かなかった。ふたりとも斬撃《ざんげき》の気配を見せ、気魄《きはく》で攻め合っている。ふたりは、迂闊《うかつ》に仕掛けると、敵の斬撃を浴びると分かっていたのだ。

先に仕掛けたのは、玄沢だった。

「行くぞ！」

と、声をかけ、趾《あしゆび》を這《は》うように動かし、瀬川との間合をつめ始めた。

対する瀬川は、動かなかった。気を鎮めて、玄沢との間合と斬撃の気配を読んでいる。

ふいに、玄沢の寄り身がとまった。このまま斬撃の間境《まざかい》を越えると、瀬川に後れをとるとみたのだ。

8

彦次は樫の木のそばを離れ、匕首を手にして安造と向き合っていた。樫の木に身を寄せていると自在に動けないと思ったからだ。ふたりの間合は、二間ほどだった。踏み込みざま、匕首を突き出せばとどく間合である。

彦次の顔は強張り、手にした匕首が小刻みに震えていた。彦次は、こうした刃物を持った闘いは苦手だった。

安造の手にした匕首も震えていた。安造も、刃物を持った殺し合いの経験はあまりないらしい。

そのとき、彦次の背後に遊び人ふうの男がひとり、まわり込んできた。匕首を手にしている。

……このままだと、殺られる！

と、彦次はみた。

玄沢に、助けてもらうことはできない。彦次は、玄沢もこのままでは危ういとみていたのだ。

彦次は、すばやく周囲に目をやった。そして、すこし前まで身を隠していた樫の木が目にとまった。

彦次は、樫を背にすれば、後ろから攻められずに済むとみた。彦次は素早く後ずさり、前に立った安造との間をとると、手にした匕首を投げ捨てた。そして、足元に転がっていた小石をいくつか掴んだ。

彦次は反転しざま、

「これでも、食らえ！」

と叫び、背後にいた男に石礫《いしつぶて》を浴びせた。

近くにいたこともあって、石礫は男の胸に当たった。

ギャッ！　と悲鳴を上げ、男は身をのけぞらせてよろめいた。

彦次は後ろにいた男にはかまわず、反転して前にいた安造にむかって投げた。石礫は、安造の腹に当たった。

グワッ！　と呻き声を洩らし、安造は左手で腹を押さえた。痛そうに顔をしかめている。

この隙を、彦次がとらえた。素早い動きで安造たちから離れ、樫の木の根元まで逃げた。そして、足元にある手頃な石をつかんで身構えた。背後から襲われるのを防ごうとしたのである。

「あそこだ！」

安造が叫んだ。

安造と遊び人ふうの男がひとり、匕首を手にして近寄ってきた。ふたりとも苦痛に顔をしかめている。

「頭に当ててやる！」

叫びざま、彦次が石礫をつづけざまに投げた。

石礫は、安造の右腕と遊び人ふうの男の胸に当たった。遊び人ふうの男は、苦しげな呻き声を上げてよろめいた。

彦次はみたび足元に転がっている手頃な石をつかんで、安造と遊び人にむかって
つづけざまに投げた。
安造と遊び人は、悲鳴を上げて逃げた。すぐに、彦次は対峙している玄沢と瀬川
に目をやった。
玄沢は青眼に構えていた。対する瀬川は、八相である。ふたりの間合は、およそ
二間半ほどだった。
すでに、ふたりは斬り合ったらしく、玄沢の小袖の左袖が裂け、左の二の腕があ
らわになっていた。かすかに血の色がある。
対する瀬川も、肩から胸にかけて小袖が裂け、肌があらわになっていた。ただ、
血の色はなかった。斬られたのは小袖だけらしい。
……玄沢さんが、危うい！
彦次はまた、足元に転がっていた手頃な石を拾い、瀬川にむかって投げた。
石は瀬川に当たらず、膝の辺りをかすめて地面に落ちた。
すると、瀬川は二、三歩後じさり、玄沢との間合をとると、振り返って背後を見
た。

この一瞬の隙を、玄沢がとらえた。素早い寄り身で瀬川との間合をつめると、

イヤアッ！

裂帛《れっぱく》の気合を発して、斬り込んだ。

振りかぶりざま、袈裟へ——。

その切っ先が瀬川をとらえ、肩から胸にかけて小袖を斬り裂いた。

瀬川は慌てて身を引いた。あらわになった胸に血の線が走り、ふつふつと血が噴いた。そして、赤い筋を引いて流れた。だが、深手ではない。薄く皮肉を斬り裂かれただけである。

「おのれ！」

叫びざま、瀬川は後ずさって大きく間合をとると、ふたたび八相に構えた。ただ、それほど大きな構えではなかった。刀身もかすかに震えている。胸を斬られたことで、両腕に力が入り過ぎているせいかもしれない。

「くるか！」

玄沢は、青眼に構えたまま一歩踏み込んだ。

すると、瀬川は素早い動きで、二、三歩身を引いた。そして、玄沢との間合を広

くとると、

「勝負、あずけた！」

と、声をかけて、反転した。

瀬川は玄沢との間合があくと、周囲に目をやった。権蔵の姿を探したらしい。瀬川は子分たちの背後にいる権蔵を目にすると、走り寄り、

「今日のところは、引くぞ！」

と、声をかけた。

権蔵は顔をしかめたが、この場は引くしかないとみたらしく、

「引け！　この場は引け！」

と、子分たちに指示した。

彦次のそばにいた子分たちも身を引き、権蔵や瀬川の後を追ってその場から走り出した。見る間に、権蔵たちは遠ざかっていく。

権蔵や瀬川たちの姿が、夜陰に呑まれるように消えていくと、彦次は玄沢のそばに走り寄り、

「旦那、無事ですかい」

と、玄沢に声をかけた。

玄沢の小袖の左袖が裂け、あらわになった左の二の腕にかすかに血の色があった。

「腕をやられたんですかい」

彦次が訊いた。

「かすり傷だ」

玄沢は苦笑いを浮かべて言った後、

「危なかったな」

と、彦次に声をかけた。顔の笑いは消えている。

彦次の顔も、険しかった。今夜は何とか命を落とさずに済んだが、権蔵たちの子分に襲われたら、次は殺されるかもしれないと思ったのだ。

第四章　偽飛猿

1

「旦那、このままじゃァ、権蔵たちに殺《や》られやす」

彦次が玄沢に言った。

ふたりがいるのは、長屋の玄沢の家だった。この日、彦次は仕事に行くと言って、おゆきとおきくに見送られて長屋の家を出た後、玄沢の家に立ち寄ったのだ。

「わしも、そうみている」

玄沢の顔に、憂慮の色があった。

「何かいい手はねえかな」

彦次が首を捻った。

ふたりは、いっとき口をつぐんで考え込んでいたが、

「島崎どのの手を借りるか」

と、玄沢が言った。

「八丁堀の旦那に、権蔵たちを捕らえてもらうんですかい」

「そうだ」

「権蔵たちはお縄にできても、飛猿はどうなりやす。……島田屋と大沢屋に押し入った盗人は、飛猿ってえことになっちまう」

彦次の顔に、困惑の色が浮いた。彦次にすれば、権蔵たちをただ捕らえるのではなく、安造と桑五郎を、飛猿の仕業とみせて島田屋と大沢屋に盗みに入った犯人として捕らえて欲しかったのだ。

「そうだな。……何かいい手はないかな」

玄沢は腕を組んで考え込んだ。

「旦那、安造と桑五郎のことを知ってるやつを捕まえやすか。そいつを、島崎の旦那に引き渡して吟味《ぎんみ》してもらえば、島田屋と大沢屋に入ったのは、飛猿じゃァねえってことが、はっきりしやす」

彦次が、身を乗り出すようにして言った。

「いい手だ」

玄沢がうなずいた。

「船宿の玉乃屋に出入りしている子分のなかに、安造と桑五郎のことを知ってるやつがいやす」

彦次が勢い込んで言った。

「これから行くか」

玄沢が傍らに置いてあった刀に手を伸ばした。

「旦那、刀研ぎの仕事は」

彦次が訊いた。このところ、玄沢は刀研ぎの仕事をせず、彦次のために出歩くことが多かったので、心配になったのだ。

「このところ、刀研ぎの仕事がなくてな。わしもやることがないのだ。それにな、権蔵のような悪党は、放っておけん」

玄沢が厳しい顔をして言った。

「旦那のお蔭で、助かりやす」

自分ひとりでは、どうにもならないだろう、と彦次は思った。それに、玄沢は彦次を助けるというより、率先して事件にあたってくれているのだ。

「いくぞ」

玄沢は立ち上がると、刀を手にしたまま戸口から出た。すぐに、彦次もつづいた。

陽はだいぶ高くなっていた。五ツ半（午前九時）ごろであろう。長屋は妙に静かだった。男たちは仕事に出て長屋にはいないし、女たちは朝めしの片付けを終え、一休みしているころだろう。

彦次と玄沢は長屋を後にすると、仙台堀沿いの道から大川端の通りに出た。そして、川下にむかった。

しばらく歩くと、永代橋が間近に迫ってきた。永代橋を行き来する人の姿が、はっきりと見える。

彦次たちは、船宿の玉乃屋が見えてきたところで、大川の岸際に足をとめた。

「変わりないな」

玄沢が言った。

玉乃屋は静かだった。客はいないらしい。店先に暖簾が出ていたので、店をひらいていることは分かった。

「どうしやす」

彦次が訊いた。

「しばらく様子をみよう。……話の聞けそうな子分が出て来るのを待つしかないな」

そう言って、玄沢は岸際に植えられた柳の陰にまわった。彦次も、玄沢と同じ樹陰に身を隠した。

船頭や若い衆などがときどき店から出てきたが、話の聞けそうな男は、なかなか姿を見せなかった。

彦次たちがその場に来て、半刻（一時間）も経ったろうか。玉乃屋の店先に目をやっていた彦次が、

「あいつは、どうです」

と、身を乗り出すようにして言った。

若い男がひとり、玉乃屋から出てきた。小袖を裾高に尻っ端折りし、両脛をあらわにしていた。遊び人ふうの男である。男は肩を振るようにして、彦次たちが身をひそめている川上の方に歩いてくる。

「やつを捕らえよう」

玄沢が意気込んで言った。

若い男は、彦次たちに近付いてきた。

「すこし、玉乃屋から離れてから、捕らえた方がいいな」

玄沢が言った。

彦次と玄沢は、男が通り過ぎるのを待って柳の樹陰から出た。そして、男の跡を尾け始めた。

玉乃屋から一町ほど離れたとき、

「あっしが、やつの前に出やす」

彦次が言い、足早に歩きだした。

彦次は大川の岸際を通って、男の前に出た。男は彦次の姿を目にしたはずだが、気にした様子もなく、歩調を変えずに歩いてくる。

玄沢は足を速め、男との間をつめてきた。一方、彦次は歩調を緩めたので、男との間が狭まってきた。

彦次は男が近付いてくると、足をとめて体を男にむけた。男との間は、五、六間だった。

ふいに、男が足をとめた。前に立った彦次に、気付いたのだ。そのとき、玄沢が男の背後に走り寄った。

男は玄沢の足音を聞いて振り返った。驚いたような顔をしている。武士が、迫ってくるのを目にしたからだ。

「お、おれに、何か用か！」

男が、声をつまらせて玄沢に訊いた。

「用があるから、待ってたのよ」

玄沢ではなく、彦次が言った。

男は戸惑うような顔をして、彦次と玄沢を交互に見たが、

「てめえらだな、親分たちに手を出したのは！」

と、声を荒らげて言った。

「どうかな」

言いざま、玄沢が抜刀し、スッと男に身を寄せた。素早い動きである。

咄嗟に、男は懐に手をつっ込んだ。匕首を取り出そうとしたらしい。

「遅い！」

玄沢は、手にした刀の切っ先を男の喉元に突き付けた。

男は懐に手をつっ込んだまま身を硬くした。顔が強張り、懐につっ込んだ手が震えている。

「わしらといっしょに来い。おとなしくしていれば、手荒なことはせぬ」

玄沢が言った。

玄沢たちは、男の両側にまわり込んだ。彦次が男の匕首を奪い、通行人の目にとまらないように、切っ先を男の脇腹の辺りにつけた。そして、玄沢と彦次は、男を連れて川上にむかった。

2

彦次と玄沢が男を連れていったのは、以前政次郎を連れ込んで話を聞いた佐賀町にある小屋だった。

彦次は、小屋の土間に転がっている壊れた漁具や木箱などを片寄せ、筵の上に連れてきた男を座らせた。

「おめえ、なんてえ名だい」

彦次が訊いた。

「……………」

男は口を閉じたまま青褪めた顔で身を顫わせている。

「政次郎という男を知っているかい」

彦次が政次郎の名を出した。

男は驚いたような顔をして彦次を見ると、ちいさくうなずいた。

「ここでな、政次郎から、話を聞いたのだ。政次郎は隠さずに話してくれたよ。いまごろ、政次郎は深川から離れ、江戸の何処かで暮らしているはずだ。……おめえも、しばらく深川から離れて暮らすか。それとも、おれたちに痛い目に遭わされ、ここで命を落とすかだな」

彦次が、男を見すえて言った。

男の顔から血の気が引き、体の顫えが激しくなった。

「おめえの名は」

彦次があらためて名を訊いた。

男は戸惑うような顔をしたが、

「源七《げんしち》でさァ」

と、小声で名乗った。

「源七、安造を知ってるな」

「知ってやす」

すぐに、源七が応えた。隠す気が薄れたようだ。

「安造の相棒の桑五郎は、どうだ」

「桑五郎の兄いも知ってやす」

「安造はよく目にするが、桑五郎はあまり見かけねえ。桑五郎は、ふだんどこにいるんだい」

彦次は、桑五郎の居所を知りたかった。

「玉乃屋でさァ」

「いつも、玉乃屋に籠《こも》っているのか」

「玉乃屋にいねえときは、情婦《いろ》の所に行ってることが多いようで」

「情婦はどこにいるんだい」

「あっしは、行ったことがねえが、小料理屋の女将《おかみ》をしているようでさァ」

「情婦の名は」

「聞いてねえ」

「その小料理屋は、どこにある」

「相川町《あいかわちょう》と聞きやした」

「店の名を知ってるかい」

すぐに、彦次が訊いた。相川町は、永代橋の南に位置し、大川沿いにひろがっている町である。それほど広い町ではないので、店の名が分かれば、探し出せるだろう。

「小鈴《こすず》と聞いてやす」

「小鈴か。洒落《しゃれ》た名だな」

彦次は、小鈴の近くに張り込めば、桑五郎を押さえられるとみた。

「旦那、何かあったら、訊いてくだせえ」

彦次が玄沢に目をやって言った。

「親分の権蔵は若いころは何をしていたのだ。……いまのように、賭場の元締めをするような親分だったのか」

玄沢が源七に訊いた。

源七は戸惑うような顔をして、口をつぐんでいたが、

「し、知らねえ」

と、首をすくめて言った。怯えるような顔をしている。

「権蔵が怖くて、言えないようだな。……源七、しばらく深川を離れて暮らすつもりではないのか」

「………」

源七は、無言のままちいさくうなずいた。

「権蔵は若いころ何をしてたのだ」

玄沢が、声をあらためて訊いた。

「ぬ、盗人だったと、聞きやした」

源七が声をつまらせて言った。

「盗人か」

玄沢が顔を厳しくしてつぶやくと、

「権蔵親分は、若いころ盗人をしてたと聞いてやした。……安造兄いと桑五郎兄いが権蔵親分のところに身を隠しているのは、盗人仲間だったからでさァ」

そばで話を聞いていた彦次が、身を乗り出して言った。

「権蔵は、飛猿がどんな盗人かも知っているな」

玄沢が、源七を見据えて訊いた。

「知ってるはずでさァ」

「権蔵は、安造と桑五郎がどんな盗人か、承知の上で匿っているのか」

「そうでさァ」

「やはり、桑五郎も何とかしないと、始末はつかないな」

玄沢が彦次に目をやって言った。

「…………」

彦次が無言でうなずいた。

彦次と玄沢が口をとじると、

「あっしを、帰《けえ》してくだせえ。旦那たちのことは、口にしやせん」

源七が、身を乗り出すようにして言った。

「帰してもいいが、深川にとどまれば、おまえは権蔵たちに殺されるぞ」

玄沢が念を押すように言った。

安造と桑五郎を知っている男を捕らえて島崎に引き渡すことも考えていたが、源七が隠さず話したので、気が変わったのである。

「深川から、離れるつもりでさァ」

源七が声をつまらせて言った。

「それがいい。おれたちに捕まったことは、仲間にも話すなよ。すぐに、権蔵の耳に入るぞ」

「…………」

源七が無言でうなずいた。顔から血の気が引いている。

「死にたくなかったら、しばらく権蔵たちの目のとどかないところに、身を隠しているのだな」

「そうしやす」

源七が肩を落として言った。

3

源七から話を聞いた翌日、彦次と玄沢は深川相川町にむかった。小鈴という小料理屋を探し、桑五郎がいるかどうか確かめるつもりだった。

四ツ（午前十時）ごろである。曇り空だった。ただ、雲は薄く、青空も見えたので、雨の心配はなさそうだ。

彦次は大川端の通りに出たところで、

「小鈴に桑五郎がいたら、捕まえやすか」

と、玄沢に訊いた。

彦次は、桑五郎を捕らえた後、どうするか迷っていた。桑五郎が、安造とふたりで飛猿に見せかけて島田屋と大沢屋に盗みに入ったことを白状しても、彦次と玄沢が耳にしただけではどうにもならない。彦次の濡れ衣は、晴れないだろう。

「様子を見てからだな。……桑五郎の仲間が何人かいれば、ふたりだけでは捕らえるどころか、返り討ちに遭うぞ」

玄沢が言った。

「あっしは、足手纏《あしでまと》いになるだけで、桑五郎や仲間を取り押さえることはできねえ。それに、桑五郎に、飛猿に化けて盗みに入ったことを白状させても、あっしと旦那が聞いただけじゃァ、どうにもならねえ」

「彦次の言うとおりだな」

玄沢はそう言って、口をつぐんだ。そして、考え込んでいるらしく、黙ったまま歩いていた。

ふいに、玄沢が足をとめ、

「彦次、島崎どのに話すか」

と、彦次に顔をむけて言った。

「島崎の旦那に、桑五郎を捕らえてもらうんですかい」

「そうだ」

「でも桑五郎が、飛猿になりすまして、安造といっしょに島田屋と大沢屋に入《へえ》ったことを話すとは思えねえ」

彦次が、戸惑うような顔をした。

「わしが話す」

「旦那は、あっしのことも話すんですかい」

「いや、彦次のことは話さぬ。……もっとも、島崎どのは、彦次が飛猿だと感付いているかもしれんぞ」

「旦那、脅かさねえでくだせえ」

彦次の顔に、困惑の色が浮いた。

「彦次のことは冗談だが、懸念がある」

玄沢が声をあらためて言った。

「何です」

「桑五郎が、町方の手で捕らえられたことを権蔵や安造が知れば、どうなる。おそらく、自分たちにも町方の手がまわるとみて、ふたりは姿を消すぞ。そうなれば、権蔵たちを捕らえるのは、難しくなる」

「あっしも、そうみやす」

「さて、どうするか……」

玄沢は、思案しながら歩いた。

彦次も黙ったまま玄沢と肩を並べて歩いている。

「そうか！」

ふいに、玄沢が足をとめた。

「桑五郎が、町方に捕らえられたのではなく、情婦《いろ》と姿を消したことにでもすればいい。長くは権蔵たちを騙《だま》せぬが、しばらくの間、権蔵たちに、桑五郎は情婦と姿を消したと思わせるのだ」

「旦那、どんな手を使いやす」

彦次も、足をとめて訊いた。

「情婦が置き手紙を残して、桑五郎とともに姿を消すのだ。ふたりで、駆け落ちでもしたように見せればいい」

「旦那、情婦に手紙を書かせるんですかい」

彦次が、戸惑うような顔をして訊いた。

「わしが書く」

「旦那が、情婦の手紙を……」

彦次が驚いたような顔をした。

「なに、駆け落ちのために女の心が乱れ、字も乱れたことにすればいい」

玄沢が、わざと乱れた字を書き、他の者が書いたことを知れないようにすると話した。

「おもしれえ」

彦次が、目をひからせて言った。

「今日のところは、小鈴に桑五郎がいるかどうかを確かめるだけだな」

玄沢が歩きながら、女の手紙は長屋に帰ってから書くことを話した。

彦次と玄沢は、そんな話をしながら歩き、永代橋のたもとを過ぎて、相川町に入った。

ふたりは、道沿いの店に目をやりながら歩いた。小料理屋の小鈴を探したのである。だが、小料理屋らしい店は、目にとまらなかった。

「訊いた方が早《はえ》え」

彦次が、あっしが訊いてきやす、と言って、通り沿いにあった八百屋に立ち寄った。彦次は八百屋の主人と何やら話していたが、すぐにもどってきた。

「旦那、知れやしたぜ。この先に、下駄屋がありやしてね。その斜向かいに、小鈴があるそうでさァ」

「行ってみよう」

玄沢たちは、足を速めた。

いっとき歩くと、通り沿いに下駄屋があった。

「旦那、小料理屋がありやす」

彦次が、下駄屋の斜向かいにある店を指差して言った。

小料理屋らしい店で、戸口は格子戸になっていた。店はひらいているらしく、暖簾が出ている。

彦次たちが近付くと、店の入口の脇に掛看板があった。「御料理　小鈴」と書いてある。

玄沢たちは通行人を装って、小料理屋の前まで行ってみた。客がいるらしく、店のなかから男と女の声がした。玄沢には、話の内容までは聞き取れなかった。

彦次たちは、店から遠ざかってから足をとめた。

「店に、だれかいたな」

玄沢が言った。

「男は、桑五郎かもしれねえ。女が、おまえさん、と呼んでやした」
彦次は、耳がいい。小声でも聞き取ることができる。
「よし、明日出直して、桑五郎を押さえよう」
玄沢が語気を強くして言った。やる気になっている。

4

翌朝、彦次と玄沢は長屋を出ると、大川端の道にむかった。昨日、玄沢は長屋に帰ると、手紙を書いた。権蔵たちに見られることを予想し、桑五郎が情婦とともに深川から離れることを認《したた》めたのである。

玄沢は、取り乱した女が書いたとみせるために、女の書体に似せるとともに筆跡を乱し、ふたりで深川を離れることだけを簡単に記した。

彦次たちは、大川端の通りを川下にむかった。そして、賑やかな永代橋のたもとを通り過ぎて、深川相川町に入った。

四ツ（午前十時）を過ぎているだろうか。相川町に入っても、行き交う人の姿は絶えなかった。

前方に、小料理屋の小鈴が見えてきた。

「暖簾が出てやす」

彦次が言った。

小鈴の入口に暖簾が出ていた。店はひらいているようだ。

彦次たちは、通行人を装って小鈴に近付いた。店の前まで行くと、男と女の声がかすかに聞こえた。話しているのは、女将と桑五郎であろうか。

彦次たちは、小鈴から半町ほど歩いて路傍に足をとめた。

「旦那、店に男と女がいやした」

彦次が言った。

「女将と桑五郎かな」

玄沢は、男と女の話し声を聞いたが、何者なのか分からないと言い添えた。

「あっしが、店にいるのはだれか探ってきやす」

「彦次、どうするのだ」

玄沢が慌てて訊いた。

「ここで、見ていてくだせえ。すぐに、もどってきやす」

そう言い残し、彦次はひとりで小鈴にむかった。

彦次は通行人を装って小鈴に近付くと、隣にある豆腐屋との間の狭い場所に身を隠した。彦次は小鈴に身を寄せて、店内の様子をうかがっていたが、その姿を玄沢のいる場から見ることはできなかった。

いっときして、彦次の姿が通りにあらわれた。彦次は踵を返すと、足早に玄沢のそばにもどってきた。

「どうだ、桑五郎はいたか」

玄沢が訊いた。

「いやした」

彦次によると、店のなかから女将と桑五郎が話している声が聞こえたという。女将が、桑五郎の名を口にしたので、それと分かったそうだ。

「他に、客はいたか」

「いやせん。……ただ、板場に男がいるらしく、店の裏手で水を使う音と男の声が聞こえやした」

彦次によると、裏手から聞こえた声は、しゃがれ声で、年寄りのような感じがしたという。

「その年寄りは、どうする」

玄沢が彦次に訊いた。

「先に、店にいる桑五郎と女をつかまえやしょう。年寄りには、あっしが、しばらく店に近寄らないように話しておきやす」

「うまくいくかな」

「年寄りに、桑五郎と女は店を留守にする気らしい、と話せば、ふたりは駆け落ちをする気だと思いやすよ。それに、店に客が入ってからだと、騒ぎが大きくなりやす」

「よし、店に踏み込もう」

玄沢が語気を強くして言った。

彦次が先にたち、玄沢がつづいた。ふたりは足音を忍ばせて、店の格子戸の前まで来ると、そこで店内の様子をうかがった。店内には、桑五郎と女将しかいない。年寄りは裏手にいるようだ。

「入《へえ》りやす」

彦次が声をひそめて言い、格子戸をあけた。

店のなかは薄暗かった。土間の先に、小上がりがあった。そこに、桑五郎と女将と思われる年増《としま》がいた。

桑五郎は、三十がらみであろうか。浅黒い顔をした痩身の男だった。細い目が、薄暗い店のなかで、蛇でも思わせるように青白くひかっている。

桑五郎は、年増を相手に酒を飲んでいた。

「おれたちといっしょに来てもらうぜ」

彦次が、桑五郎を見すえて言った。

「てめえら！　おれを捕まえに来たのか」

叫びざま、桑五郎は立ち上がった。

年増は驚いたような顔をして、桑五郎を見上げた。彦次たちが、何者か知らなかったからだろう。

「桑五郎、観念しろ！」

玄沢は素早く抜刀し、刀身を峰に返した。生きたまま桑五郎を捕らえるつもりだったのだ。

桑五郎は、懐に手をつっ込んで匕首を取り出すと、

「殺してやる！」

叫びざま、玄沢にむかってつっ込んできた。

咄嗟に、玄沢は右手に体を寄せて桑五郎の匕首をかわすと、刀身を横に払った。

一瞬の太刀捌きである。

玄沢の峰打ちが、桑五郎の腹を強打した。

桑五郎は匕首を取り落としてよろめき、足がとまると、その場にへたり込んだ。

「動くな！」

玄沢が声をかけ、桑五郎の首に切っ先をむけた。

桑五郎は目を剝《む》いて玄沢を見上げ、体を顫わせていた。腹に峰打ちを浴びた激痛に、顔をしかめている。

これを見た年増は、ヒイイッ！　と喉を裂くような悲鳴を上げ、這って座敷から逃げようとした。

すかさず、彦次が年増の前に立ち塞がり、

「動くな！　突き殺すぞ」

そう言って、匕首の切っ先を年増の顔の前に突き出した。

年増は座敷にへたり込み、紙のように青褪めた顔で身を顫わせた。

5

彦次は桑五郎と年増を後ろ手にとって縛ると、

「板場を見てきやす」

そう言い残し、一人で裏手にむかった。板場から聞こえていた水の音が聞こえなくなったからだ。

彦次は、小上がりの脇を通って裏手の板場にむかった。小上がりの奥に座敷が一間あり、その先が狭い板場になっていた。

流しの脇に、すこし腰の曲がった老齢の男が立っていた。板場をまかされている男らしい。恐怖に身を顫わせている。

「怖がることはねえぜ、おめえには何もしねえ」

彦次が穏やかな声で言い、懐から巾着を取り出すと、銭を手にし、

「とっときな」

と言って、男に握らせた。

「へえ……」

男の顔から、恐怖の色が消えた。いくぶん顫えも収まっている。

「おめえの名は」

彦次が訊いた。

「権吉《ごんきち》でさァ」

男は、銭を握りしめたまま名乗った。

「おれたちはな、町方とかかわりのある者だ。……おめえは、いま女将といっしょにいる男が、何をしたか知ってるかい」

彦次が小声で訊いた。

「し、知りやせん」

「でけえ声じゃァ言えねえが、あの男は盗人よ。町方に、追われている身だ」

「……………！」

　男の顔が、また恐怖にゆがみ、また体が顫えだした。

「おめえ、あの男の仲間と見られれば、お縄を受けることになるぜ。そうなりゃァ、獄門か、よくて、遠島だ」

「ご、獄門……」

　男は息を呑んだ。銭を握った手が、わなわなと震えている。

「町方に捕らえられる前に、裏から逃げな。……いいか、しばらく店に近付くなよ。町方に捕らえられれば、お終《しめ》えだぞ」

　彦次が、行け！　と声をかけた。

　男は反転すると、背戸《せど》に走り寄り、外に飛び出した。

　彦次は男の足音が遠ざかり、聞こえなくなってから、玄沢たちのいる店の表にもどった。

　玄沢は小上がりにいた。手にした刀の切っ先を、桑五郎に突きつけている。桑五郎と年増は後ろ手に縛られ、体を顫わせていた。

「板場にいた男は、逃がしてやりやした。この店には、しばらく近寄らないはずでさァ」

彦次が言った。

「そうか」

玄沢はちいさくうなずいた。

「あっしが、店の暖簾を下ろしてきやす」

「ついでに、表の戸に心張り棒を支《か》ってきてくれ」

「承知しやした」

すぐに、彦次は表戸をあけて外に出た。

彦次は暖簾を外して手にすると、店にもどり、表戸に心張り棒を支った。客を入れないためである。

「まだ、昼ごろだ。ここで、しばらく過ごすしかないな」

そう言って、玄沢は座敷に腰を下ろした。

彦次と玄沢は長丁場に備え、流し場にあった飯の入った御櫃を運んできて空腹を満たした。

その後、店先に近寄る足音がしたが、格子戸に手をかける者もなく離れていった。店はしまっていると、すぐに気付くからだ。

　それから、時が流れ、店内が淡い夜陰につつまれると、

「さて、そろそろ引き上げるか」

　玄沢がそう言って、用意していた折り畳んだ紙を懐から取り出した。

「これは、女将の書き置きだ」

　玄沢は折り畳んだ紙を女将に見せた。

　女将は不安そうな顔をして、玄沢の手にした紙片に目をやった。

「この紙には、女将が桑五郎とふたりで駆け落ちすることが書いてある」

「…………！」

　女将は、驚いたような顔をした。

「女将は薄々気付いていていようが、桑五郎は盗人でな、大親分の子分なのだ。このままなら、この店にも、近いうちに町方の手が入るはずだ。女将は、まちがいなく桑五郎を匿った罪で、捕らえられる。……そうでなければ、大親分の手で殺される」

「そ、そんな……」

　女将の顔が恐怖でゆがみ、体の顫えが激しくなった。

「それでな、わしらは、女将だけは助けてやろうと思って、この手紙を用意したの

だ。ここに残しておけば、桑五郎の親分は手紙を見て、女将と桑五郎は、この店から逃げたと思うはずだ」

「………！」

女将は、身を顫わせて玄沢を見つめている。

「町方には、わしらが桑五郎を引き渡すのでな。この店に、探りに来るようなことはないはずだ」

玄沢が言うと、女将の顫えがとまった。

「女将、しばらく身を隠せるか。できれば、深川から離れた方がいい」

玄沢が訊いた。

「相生町《あいおいちょう》の一ツ目橋の近くに、叔父がひらいている一膳めし屋があります」

女将が、叔父の家の近くに住み、一膳めし屋を手伝わせてもらう、と話した。

「それがいい」

玄沢は、本所《ほんじょ》相生町なら権蔵たちの目から逃れられるとみた。

彦次と玄沢は、暗くなってから、捕らえた桑五郎を小料理屋から連れ出した。女将は縄を解いてやり、店に残してきた。

彦次たちは人目につかないように路地や新道などをたどり、桑五郎を庄兵衛店の玄沢の家に連れ込んだ。

6

「桑五郎、ここはわしの家だ」

玄沢が、座敷に連れ込んだ桑五郎に目をやって言った。

刀の研ぎ場には、何振りかの刀身が立て掛けてあり、行灯の灯に照らされて淡いひかりを放っていた。

「試し斬りをしたい刀もある」

玄沢はそう言って、桑五郎に目をやり、

「おまえの体で、試し斬りをしてもいいぞ」

と言い添えた。

桑五郎は、青褪めた顔で体を顫わせている。

「彦次、おまえから訊いてくれ」

玄沢が声をかけた。

彦次は玄沢の脇に膝を寄せ、

「桑五郎、安造とふたりで飛猿になりすまし、島田屋と大沢屋に盗みに入ったな」

と、桑五郎を見据えて訊いた。彦次の声は静かだったが、桑五郎を見つめた目には強い怒りの色があった。

桑五郎は、いっとき口をつぐんで虚空に目をやっていたが、

「お、おれは、島田屋と大沢屋に盗みに入《へえ》った覚えはねえ」

と、声を震わせて言った。

「桑五郎、白《しら》を切っても駄目だ。政次郎と源七から話を聞いている。おまえと安造が、飛猿に化けて盗みに入ったことも分かっている」

「…………！」

桑五郎の体の顫えが激しくなった。

彦次は、その顫えを見て、桑五郎と安造が飛猿に化けて島田屋と大沢屋に盗みに入ったことを確信した。

「おまえと安造は飛猿に盗みの罪を着せようとして、盗みに入った店に、宝船の絵

を置いてきたのだな」

彦次の桑五郎を見る目に、強い怒りの色があった。

そのとき、桑五郎はハッとしたような顔をして彦次に目をむけ、

「お、おめえが、飛猿か……！」

と、声を震わせて訊いた。

「おれは、屋根葺きの彦次だ」

彦次は小声で言った後、睨むように桑五郎を見据えた。彦次は、同心の島崎に桑五郎の身柄を渡すつもりだったので、飛猿の正体を知られたくなかったのだ。

いっとき、座敷は息のつまるような緊張につつまれていたが、

「飛猿に罪を着せようとしたのは、おまえと安造の考えか」

と、玄沢が彦次に代わって訊いた。

「ち、ちがう。おれと安造が、考えたんじゃァねえ」

桑五郎が、玄沢と彦次に目をやって言った。

「だれが、考えたのだ」

玄沢が訊いた。

桑五郎は、戸惑うような顔をして口をつぐんでいたが、

「親分でさァ」

と、小声で言った。

「権蔵か！」

彦次が身を乗り出すようにして訊いた。

「そうで……」

桑五郎が、肩を落として言った。

「権蔵は、なぜ、飛猿の仕業に見せようとしたのだ」

「親分は、盗人のくせに、貧乏人の味方だ、義賊だ、などと持てはやされているのが、気に入らねえと言ってやした」

「それで、飛猿になりすまして、島田屋と大沢屋に盗みに入ったのだな」

「…………」

桑五郎は、口をとじたまましいさくうなずいた。

次に口をひらく者がなく、座敷が重苦しい沈黙につつまれたが、

「ところで、権蔵は賭場の貸元をしているようだが、若いころは盗人だったのでは

ないか」

と、玄沢が訊いた。

「五、六年前までは、権蔵親分も盗人で、あっしと安造は子分だったんでさァ」

「それで、いまも権蔵のところに出入りしていたのか」

「へい」

桑五郎は首をすくめるようにうなずいた。

玄沢と彦次が口をとじると、

「あっしの知っていることは、みんな話しやした。これに懲りて、あっしも盗人の足を洗いやすから、帰《けえ》してくだせえ」

桑五郎が、玄沢たちに目をやって言った。

「帰してくれだと。……商家に盗みに入り、大金を奪っただけでなく、奉公人まで殺めておいて、このまま帰れるとでも思っていたのか」

玄沢が語気を強くして言った。

桑五郎は、いっとき膝先に視線を落として黙っていたが、

「あっしは、どうなるんで」

と、顔を上げて訊いた。

「明日にも、八丁堀の同心に引き渡す」

玄沢は、定廻り同心の島崎に桑五郎を引き渡すつもりでいた。そのとき、親分の権蔵のことも話すことになるだろう。

彦次は、桑五郎が肩を落とすのを見ると、

「明日の朝、また来やす」

そう言って、腰を上げた。長屋で、おゆきとおきくが、自分の帰りを待っているだろう。

7

翌朝、彦次は朝めしを食い終えると、いつものように道具箱を担いで、長屋の家を出た。

玄沢の家に立ち寄ると、

「彦次、待っていたぞ」

そう言って、玄沢が桑五郎を連れて出てきた。

桑五郎は肩に腰切半纏を掛けられ、後ろ手に縛られていた。腰切半纏は、縛った手を隠すために掛けたのである。昨夜、玄沢と桑五郎は眠れなかったとみえ、目をしょぼしょぼさせていた。

「旦那、朝めしは」

彦次が訊いた。

「食った。昨夜の残りの飯を湯漬けにしてな」

玄沢は、桑五郎にも食わせたことを言い添えた。

「何処で、待ちやす」

彦次が訊いた。これから、彦次たちは捕らえた桑五郎を八丁堀同心の島崎に引き渡すことにしていた。

彦次たちは島崎が巡視にまわる道筋で待ち、桑五郎が安造とふたりで飛猿になりすまして、島田屋と大沢屋に盗みに入ったことを話すのだ。当然、親分の権蔵のことも伝えることになるだろう。

「千鳥橋《ちどりばし》のたもとは、どうだ」

　玄沢は、島崎が巡視の途中、浜町堀にかかる千鳥橋のたもとに出て、堀沿いの道を北にむかうことを知っていた。その後、亀井町《かめいちょう》から小伝馬町《こでんまちょう》に入り、中山道に出て、八丁堀にもどるはずである。

　ただ、桑五郎を引き渡せば、巡視は中断し、近くの番屋に連れていって訊問することになるだろう。

「これから行けば、ちょうどいい頃合ですぜ」

　彦次が言った。

　彦次と玄沢は、桑五郎を連れて長屋を後にした。彦次たちは仙台堀沿いの道から大川端の道に出て、大川にかかる新大橋を渡った。そして、浜町堀沿いの通りに入り、いっとき歩くと、前方に千鳥橋が見えてきた。橋を行き来する人の姿が、米粒のように見える。

　彦次たちは橋を渡る人の目に触れないように、橋のたもとから少し離れた柳の樹陰に身を寄せた。

　彦次たちがその場に来て、半刻（一時間）ほど経ったろうか。橋のたもとに目をやっていた彦次が、

「旦那、来やしたぜ」

と言って、橋のたもとを指差した。

島崎と思われる八丁堀同心が、三人の手先を連れて橋のたもとに姿をあらわした。八丁堀同心は、小袖を着流し、羽織の裾を帯に挟む巻き羽織と呼ばれる独特の恰好をしているので、遠目にもそれと知れる。

「彦次、どうする」

玄沢が訊いた。

「あっしは、ここにいやす」

彦次が首をすくめて言った。

「わしが、島崎どのと話してくる」

玄沢はそう言うと、桑五郎を連れて千鳥橋にむかった。

島崎は玄沢の姿を目にすると、足をとめた。肩に腰切半纏を掛けられて玄沢のそばにいる男に、不審を抱いたようだ。

島崎は、通行人の行き交う橋のたもとでは話ができないと思ったらしく、三人の手先とともに玄沢に近付いてきた。

玄沢は桑五郎を連れ、堀の岸際に足をとめた。そこで、島崎と話そうと思ったのである。

島崎は玄沢に近付き、

「その男は」

と、桑五郎に目をやって訊いた。

「飛猿のひとりだ」

玄沢が声をひそめて言った。

「何、飛猿のひとりだと！」

島崎が驚いたような顔をした。

「たまたま、小料理屋で酒を飲んでいて、こやつが仲間と話していたのが、耳に入ってな。その話で、こやつが日本橋本町にある島田屋に盗みに入ったのを知ったのだ」

玄沢がそう言って、一息つくと、

「それで」

島崎が急《せ》かすように話の先を訊いた。

「わしは、島田屋にふたり組の盗人が入ったのを知っていたのでな。こやつが犯人のひとりとみて、小料理屋から出てきたところを捕らえたのだ」

玄沢は、小料理屋のなかで捕らえたことにしなかった。彦次や小料理屋の女将のことまで話すのが面倒だったからだ。

「こやつの名は」

島崎が訊いた。

「桑五郎。……こやつといっしょに島田屋と大沢屋に入った仲間は、安造という名らしい」

玄沢は安造の名も出した。

島崎は顔を厳しくして玄沢を見ていたが、

「間違いないか」

と、念を押すように訊いた。

「まちがいない。わしが事件とかかわりのない男を連れてきて、島崎どのに引き渡すようなことをするはずがなかろう」

「それも、そうだ……」

島崎がちいさくうなずいた。

「わしも、この男から色々聞いたのだ」

玄沢が声をあらためて言った。

「他に、何か知れたのか」

島崎が身を乗り出して訊いた。

「知れた。桑五郎と安造は、盗人の大親分のところに身を隠していてな。盗みの他にも、悪事を働いていたらしい」

「盗人の大親分だと！」

また、島崎の声が大きくなった。

「権蔵という男だ」

玄沢は権蔵の名を出した。

「権蔵なら耳にしたことがある。何年も前のことだが、盗人たちを束ねている権蔵という親分がいるという噂をな」

「その男だ」

「玄沢どの、権蔵の居所も知っているのか」

島崎が、声をあらためて訊いた。

「知っているが、今も、そこにいるかどうか」

玄沢は、島崎が捕方を集めて権蔵の捕縛にむかうのは、急いでも明後日になるとみた。その間に、権蔵は船宿の玉乃屋から姿を消すかもしれない。

「ともかく、教えてくれ」

島崎が語気を強くして訊いた。

「深川、佐賀町にある玉乃屋という船宿だ。永代橋の近くなので、行けば分かるはずだ」

「玉乃屋だな」

「捕方をむけるのは、いつになる」

玄沢が訊いた。

「早くて、明後日。……捕方を集めねばならないからな」

「明後日、わしも顔を出そう」

「そうしてもらえば、助かる」

島崎は玄沢にそう言った後、今日の巡視はこれまでだ、とそばにいた三人の手先に声をかけた。

玄沢は、明後日の朝、新大橋のたもとで待っていることを話し、その場を離れた。

島崎は桑五郎と手先たちを連れ、来た道を足早にもどっていく。

島崎たちが去ると、玄沢のそばに彦次が走り寄った。

玄沢は彦次に島崎とのやり取りを掻い摘まんで話した後、

「明後日だ。権蔵たちを捕らえることになった」

と、言い添えた。

「あっしも行きやす」

彦次は、玉乃屋がある方を睨むように見据えて言った。

第五章　賭場

1

「おまえさん、今日も遅くなるんですか」

戸口まで見送りにきたおゆきが、彦次に声をかけた。このところ、彦次は暗くなってから長屋に帰ることが多かった。酒を飲んで帰る日もある。

「ちかごろ、棟梁《とうりょう》に誘われることが多くてな。……今日は、早く帰る」

彦次が戸惑うような顔をして言った。

「御酒の支度をして待ってますよ」

おゆきが、笑みを浮かべた。

「行ってくるぞ」

彦次は、道具箱を担いだまま玄沢の家に立ち寄った。

今日は玄沢とふたりで佐賀町へ行き、玉乃屋の様子を見ておくつもりだった。遅くならずに、帰れるだろう。島崎が捕方とともに玉乃屋に踏み込むことになっているのは、明日である。

彦次が玄沢の家に立ち寄ると、玄沢は出掛ける支度をしているところだった。小袖に、たっつけ袴らしい。

「彦次、すぐに、支度を終える」

玄沢はたっつけ袴を穿《は》き終え、大刀を手にしていた。

「出掛けるか」

玄沢が土間に下りた。

「へい」

彦次と玄沢は家を出ると、仙台堀沿いの道を西にむかい大川端に出た。

ふたりは大川端沿いの道を川下にむかい、永代橋が間近に見えてきたところで、すこし岸際に身を寄せた。玉乃屋が近付いてきたので、ふたりの姿が権蔵の子分たちの目にとまらないようにしたのだ。

彦次たちは玉乃屋の近くまで行くと、岸際に植えられた柳の樹陰にまわった。どこに子分たちの目があるか分からないので身を隠したのである。

「変わった様子はないな」

玄沢が言った。

玉乃屋に出入りする人の姿はなく、ひっそりとしていた。店はひらいているらしく、店先に暖簾が出ている。

「子分が姿を見せたら、様子を訊いてみやすか」

彦次が言った。

「いや、今日は、下手に動かない方がいい。島崎どのが捕方と踏み込むのは、明日だからな」

「そうですね」

彦次も、今日は子分たちに気付かれないように、様子を見るだけにしようと思った。

彦次たちがその場に身を潜めて、小半刻（三十分）も経ったろうか。子分らしい男がふたり、玉乃屋から出てきた。

ふたりは、慌てた様子で永代橋の方へむかっていく。ふたりの会話のなかに、

「相川町」「小料理屋」という言葉が聞こえた。

「あのふたり、相川町へ行くようだ」

　彦次が、遠ざかっていくふたりの背に目をやりながら言った。

「小鈴ではないか」

　玄沢が言った。

「桑五郎が、いなくなったのを知ったかな」

「そうみていい」

「桑五郎が捕らえられ、町方の手に渡ったことを知ったのかもしれねえ」

　彦次の顔が厳しくなった。

「いや、その心配はあるまい。……そのために、小鈴に書き置きを残してきたのだ。あの書き置きを見れば、ふたりは駆け落ちしたと思うはずだ」

「さすが、旦那だ」

　彦次が感心したように言った。

　それから、彦次と玄沢は半刻（一時間）ほど様子を見ていたが、玉乃屋に変わった動きはなかった。

「せっかくここまで来たのだ。相川町まで行ってみるか」

玄沢が言った。

「小鈴ですかい」

「そうだ。権蔵の子分たちが来ているかもしれぬ」

「行ってみやしょう」

彦次と玄沢は、柳の樹陰から通りに出た。

ふたりは大川端沿いの道を川下にむかって歩き、永代橋のたもとを過ぎて相川町に入った。そして、前方に小料理屋の小鈴が見えてきたところで足をとめた。

「店は、しまっているようだ」

玄沢が、小鈴の店先に目をやって言った。

「だれかいるようですぜ」

彦次が、「いま、男が顔を出したのが、見えやした」と言い添えた。

「権蔵の子分が、様子を見に来たのではないかな」

「あっしが、見てきやす。すぐに、もどりやすから、旦那はここにいてくだせえ」

彦次は玄沢をその場に残し、小鈴に足をむけた。

彦次は通行人を装って、小鈴に近付いた。店の前まで行くと、何人かの男の声が聞こえた。いずれも、遊び人らしい物言いである。

彦次は小鈴の前を通り過ぎ、半町ほど歩いてから足をとめて踵を返した。そして、足早に玄沢のそばにもどってきた。

「旦那、店のなかに何人かいやしたぜ」

彦次が言った。

「おそらく、桑五郎が船宿に戻らないので、子分たちが様子を見に来たのだ」

「あっしも、そうみやした」

「いまごろ、わしが残しておいた書き置きを見て、子分たちは、桑五郎は情婦と駆け落ちをしたと思っているだろう」

玄沢が、口許《くちもと》に薄笑いを浮かべて言った。

「旦那の読みどおり、うまくいきやしたね」

「ここで、様子を見ていることはあるまい。長屋に帰るか。……権蔵たちを捕らえるのは、明日だ」

玄沢が、語気を強くして言った。

2

翌朝、玄沢はひとりで新大橋のたもとに立ち、島崎が捕方の一隊を率いてくるのを待っていた。彦次は先に行って、玉乃屋を見張っているはずだ。

彦次は町方同心の島崎と顔を合わせるのを嫌がったし、島崎が率いてくる捕方にも顔を見せたくなかったのだ。

陽は、だいぶ高かった。五ツ半（午前九時）ごろであろう。新大橋は、大勢の人が行き交っていた。町人が多く、武士の姿はあまり見られなかった。

玄沢が橋のたもとに立って、小半刻（三十分）も経ったろうか。橋上を歩いてくる捕方の一隊が見えた。二十人ほどいようか。なかには、六尺棒や捕物三具と呼ばれる突棒《つくぼう》、袖搦《そでがらみ》、刺股《さすまた》などを手にしている者もいた。

一隊の先頭を歩いているのは、島崎である。他にも、ひとり町方同心らしい男の姿があった。おそらく、島崎が他の同心に話し、ふたりで捕方たちを集めたのだろう。大掛かりな捕物の場合、与力《よりき》の出役《しゅつやく》を仰ぎ、捕方の指揮も与力の役になるが、島崎は与力の出役を願い出る間がなかったにちがいない。それで、他の同心に話し、ふたりで捕方を集めたのだろう。

　玄沢は捕方の一隊が橋を渡り終えると、島崎のそばに走り寄った。

「玄沢どの、どうだ、権蔵の動きは」

　すぐに、島崎が訊いた。権蔵のことが気になっていたのだろう。

「玉乃屋に、いるようだ」

　玄沢は、昨日玉乃屋のそばまで行き、様子を見てきたことを話した。

「子分たちは、どうだ」

「子分たちのなかには、賭場にいる者もいるはずだ」

「賭場か」

　島崎はそう言った後、

「矢島《やじま》どの、玉乃屋が済んだら、賭場にも捕方を向けるか」

と、同行した同心に言った。矢島という名らしい。

「承知しました」

　矢島が顔をひきしめてうなずいた。矢島は、まだ若い同心だった。二十二、三ではあるまいか。若いせいもあって、張り切っている。

「永代橋の近くです」

そう言って、玄沢が先に立った。

捕方の一隊は、大川端の道を川下にむかった。行き交う人々は一隊を見ると、慌てて大川端に身を寄せて、一隊を通した。

前方に玉乃屋が見えてくると、玄沢が足をとめ、

「あの店です」

と言って、指差した。

玉乃屋の近くの大川端の柳の陰に、彦次の姿があった。彦次は樹陰で一休みしているように見せ、玉乃屋を見張っているようだ。

玄沢が彦次に顔をむけると、彦次が大きくうなずいた。玉乃屋に変わりはないという合図である。おそらく、権蔵たちは、桑五郎が捕らえられて町方の手に渡ったことを知らないのだろう。

「矢島どの、念のため玉乃屋の裏手をかためてくれ。店の脇から、裏手にまわれるようだ」

島崎が声をかけた。

「承知、すぐ裏手にまわります」

矢島は、そばにいた捕方たちに裏手にまわることを話した。

矢島は七人の捕方を連れ、足音を忍ばせて玉乃屋の裏手にまわった。矢島たちの姿が消えると、

「行くぞ」

島崎が、その場にいた捕方たちに声をかけた。

島崎たち一隊は、玉乃屋の戸口に足をむけた。玄沢は島崎の脇についている。

通りかかった者たちは、捕方の一隊を見ると慌ててその場から身を引いた。なかには悲鳴を上げて走りだす者もいた。

彦次は玉乃屋に近付いたが、店のなかに入る気はなかった。逃げ出す者がいたら、跡を尾けて、行き先をつきとめるつもりだった。ただ、三下《さんした》は見逃すことになるだろう。

玄沢は島崎たち捕方とともに、玉乃屋の表戸をあけてなかに踏み込んだ。土間の

先が、座敷になっていた。左手の奥に、板場がある。

座敷に、若い衆が三人いた。ひとりが手にした湯飲みを振っていた。コロコロと音がする。湯飲みに、賽《さい》が入っているようだ。他のふたりは、湯飲みを手に男に膝をむけて胡座をかいていた。三人で、博奕をしていたらしい。

三人は捕方の一隊を目にすると、凍り付いたように身を硬くした。

「捕れ！」

島崎が、声をかけた。

捕方たちが、御用！　御用！　と声を上げ、座敷に踏み込んだ。

これを見た玄沢は、

「奥の座敷に、権蔵たちがいるはずだ」

と、島崎に声をかけた。権蔵と安造を取り逃がしては、玉乃屋に踏み込んだ甲斐《かい》がない。

「奥へ、踏み込む。おれに、つづけ！」

島崎が近くにいた捕方たちに声をかけた。すると、十人ほどの捕方が島崎と玄沢につづいた。

島崎たち捕方の一隊は、廊下に出て奥の座敷の障子をあけた。そこにも、三人の男がいた。茶を飲んでいたらしく、湯飲みを手にしている者がいた。権蔵らしい男の姿は、なかった。

「捕方だ！」

遊び人ふうのひとりが叫んだ。

「安造兄い、逃げてくれ」

もうひとりの、顔の浅黒い男が脇にいた男に声をかけた。安造である。

安造は手にした湯飲みを捕方たちに投げつけ、

「殺してやる！」

と、叫びざま、懐から匕首を取り出した。

これを見た玄沢は素早く抜刀し、刀身を峰に返して安造の前に立ち塞がった。峰打ちにするつもりだった。

「こやつは、わしが仕留める。島崎どの、奥へ！」

玄沢が声を上げた。権蔵を取り逃がしたくなかったのである。

「安造は任せた！」

島崎は捕方たちに目をやり、「奥へ行くぞ！」と声をかけた。

島崎につづき、五人の捕方が廊下に出た。そして、奥の座敷にむかった。

3

「安造、観念しろ！」

玄沢は、刀の切っ先を安造にむけた。

「てめえ、おれたちを嗅《か》ぎまわりゃァがって、ここで始末してやる！」

安造は目をつり上げ、匕首の切っ先を玄沢にむけた。

他のふたりの男には、座敷に残った捕方たちが、手にした十手や六尺棒などをむけ、御用！　御用！　と声を上げた。

ふたりの男は、手にした匕首を捕方たちにむけたが、逆上しているらしく、顔がひき攣ったように歪み、匕首が震えている。

「いくぞ！」

玄沢は、青眼に構えたまま一歩踏み込んだ。

「やろう、死ね！」

叫びざま、安造が匕首を手にして突っ込んできた。

すかさず、玄沢は右手に体を寄せざま、刀身を横に払った。一瞬の太刀捌きである。

ドスッ、という鈍い音がし、玄沢の刀身が安造の腹を強打した。

安造は手にした匕首を取り落とし、呻き声を上げてよろめいた、そして、足がとまると両手で腹を押さえて蹲った。顔が激痛のために歪んでいる。肋骨《あばらぼね》でも、折れたのかもしれない。

玄沢は安造に切っ先をむけ、

「縄をかけろ！」

と、近くにいた捕方に声をかけた。

ふたりの捕方が安造のそばに行き、ひとりが捕縄を手にした。別のひとりが安造の両腕を後ろに取ると、縄を手にした男が素早く縛った。安造は苦しそうな呻き声を上げ、ふたりの捕方のなすがままになっている。

玄沢はふたりの捕方に、安造を外に連れ出すように話してから廊下へ出た。親分の権蔵と瀬川のことが、気になっていたのだ。

隣の部屋の障子が、あいたままになっていた。そこに、島崎と捕方たちがいるようだ。

……権蔵と瀬川は、そこか！

玄沢は胸の内で声を上げ、急いで座敷に入った。

座敷には島崎と五人の捕方たち、それに、ふたりの男がいた。ひとりは、顔の浅黒い三十がらみと思われる男で、もうひとりは若い男である。権蔵と瀬川の姿はない。

顔の浅黒い男が、長脇差《ながわきざし》を持っていた。もうひとりは素手である。捕方たちはふたりからすこし間をとり、十手をむけて、御用！　御用！　と声を上げた。長脇差を手にした男を恐れて、踏み込めずにいる。

玄沢は座敷に踏み込むと、

「そやつは、わしが相手する！」

と言い、浅黒い男の前に立ち、切っ先をむけた。

「殺してやる！」

男が叫びざま、長脇差でいきなり斬りつけてきた。

振りかぶりざま、袈裟へ——。

咄嗟に、玄沢は身を引いて男の斬撃を逃れ、突き込むように籠手《こて》に斬り込んだ。

その切っ先が、男の右の前腕をとらえた。

ザクリと、男の前腕が裂けた。その拍子に、男は手にした長脇差を取り落とし、悲鳴を上げて後ろによろめいた。男の右腕が、赤い布で覆ったように血に染まっている。

これを見た島崎が、

「押さえろ！」

と、捕方たちに声をかけた。

ふたりの捕方が踏み込み、男の肩をつかんでその場に押さえ込んだ。そして、ひとりが男の両腕をとって縛った。男は苦しげに呻き声を上げて身を捩《よじ》っていたが、両腕を縛られると、観念したのか抵抗しなくなった。

玄沢は男の脇に立ち、

「親分の権蔵は、どこにいる」

と、顔を見据えて訊いた。

男は戸惑うような顔をして玄沢を見たが、

「お、親分はいねえ」

と、声をつまらせて言った。右腕が痛むのか、顔をしかめている。

「どこにいる！」

玄沢は語気を強くした。

「朝から出掛けやした」

「どこに行ったのだ！」

玄沢の声が、さらに大きくなった。

「わ、分からねえ」

「親分の行き先も、知らないのか」

「賭場かもしれねえ」

男は小声で言った。行き先を聞いていないようだ。

「牢人の瀬川は」

玄沢は、瀬川も船宿にはいないとみた。

「親分といっしょのはずでさァ」

「ふたりは、ここを出たのだな」

玄沢は念を押した。

「出やした」

「子分たちも、いっしょか」

「四、五人連れて出やした」

「そうか」

玄沢は、男が嘘を言っているとは思わなかった。権蔵は瀬川と四、五人の子分を連れて船宿を出たらしい。

権蔵が連れてきた子分は四、五人だが、他の子分が賭場にいたのだ。

玄沢は座敷に立っていた島崎に身を寄せ、

「聞いたとおりだ。権蔵と瀬川は、ここにいないらしい」

と、残念そうな顔をして言った。

「行き先も分からないようだな」

島崎が肩を落とした。

「島崎どの、心当たりがある。ともかく、ここにいる子分たちを捕らえてくれ」

玄沢は、「すぐ、もどる」と言い残し、座敷から出ていった。

4

玄沢は船宿から出ると、川沿いに植えられている柳に目をやった。彦次の姿を探したのである。

すると、彦次が柳の陰から通りに出てきた。玄沢の姿を目にしたようだ。

玄沢は足早に彦次に近付いた。彦次も、近付いてくる。

彦次は船宿の脇で玄沢と顔を合わせると、

「船宿は、どうなりやした」

すぐに、訊いた。

「権蔵と瀬川は、玉乃屋にいなかった」

「いねえんですかい」

彦次が、がっかりしたような顔をした。

「わしらが、ここに来る前に出掛けたらしい」

「何処へ、出掛けたんです」

「それが、分からん。……彦次、権蔵たちの行き先に心当たりがあるか」

玄沢が訊いた。

「権蔵が瀬川といっしょに出掛けたとすれば、賭場じゃァねえかな」

彦次が言った。

「わしも賭場のような気がする」

「あっしが、賭場の様子を見て来やしょうか」

「頼む。わしらは、彦次がもどるまで、ここにいる。まだ、子分たちが残っているようだからな」

「すぐ、もどりやす」

そう言い残し、彦次は足早に賭場のある堀川町にむかった。

彦次は大川端の道をすこし歩き、堀割にかかる橋のたもとを右手の道に折れた。さらに歩いて、賭場のある堀川町に入った。

彦次は掘割沿いの道を歩き、見覚えのある下駄屋の脇の道に出た。その道をすこし歩くと、空き地のなかに仕舞屋があった。賭場である。賭場の近くに人影はなかったが、なかにいるかもしれない。

彦次は足音を忍ばせて雑草を茂らせた空き地に近付き、丈の高い叢《くさむら》の脇に屈んで、賭場に目をやった。

……いる！

彦次は、胸の内で声を上げた。

仕舞屋のなかから、男たちの声が聞こえた。男たちは小声で話しているようだったが、耳のいい彦次には聞き取れた。

彦次はその声の違いから、男たちが数人いることが分かった。会話のなかに、「親分」「瀬川の旦那」と呼ぶ声が聞こえた。

……権蔵と瀬川は、ここにいる。

彦次は確信した。

それに、男たちの会話から、まだ賭場をひらいていないのに、権蔵と瀬川がこの場に来ている理由が分かった。

おそらく権蔵と瀬川は、彦次の目を逃れて玉乃屋を出たのだ。

子分のひとりも彦次の目を逃れて玉乃屋を出て、新大橋を渡ろうとしている捕方の一隊を目にし、船宿に飛んで帰って、捕方のことを権蔵に知らせたのだ。

権蔵は船宿が捕方に襲われることを予測し、すぐに瀬川と四、五人の子分を連れて堀川町に来て、賭場に身を隠したらしい。

彦次がさらに賭場に近付くと、男たちの声がはっきりと聞こえた。

……権蔵、捕方はここに来ないかな。

瀬川が訊いた。

……いずれ、ここにも来るだろうが、今日ということはあるまい。船宿に残した子分たちには、ここに来ることを話してないからな。

権蔵がくぐもった声で言った。

……それにしても、玄沢という男と飛猿は、早く始末しないとな。いつ、ここにいることを嗅ぎ付けて、襲ってくるか分からんぞ。

瀬川の声には、苛立《いらだ》った響きがあった。

それから、彦次はしばらく身を隠して男たちの声を聞き、権蔵と瀬川の他に子分たちが四、五人いるのをつかんでからその場を離れた。

彦次が来た道を引き返し、玉乃屋の近くまで行くと、戸口に立っている玄沢の姿を目にした。玄沢は、そろそろ彦次がもどるころとみて、外に出て待っていたらしい。

玄沢は彦次を目にすると、小走りに近付いてきた。ふたりは、人目につかないように大川端の柳の樹陰にまわった。

「彦次、権蔵たちはいたか」

すぐに、玄沢が訊いた。

「いやした」

彦次は、賭場に権蔵だけでなく、瀬川と四、五人の子分がいたことを言い添えた。

「さて、どうするか」

玄沢はつぶやいた後、

「ともかく、島崎どのに話してこよう。彦次、ここにいてくれ。すぐに、もどる」

そう言い残し、玉乃屋にもどった。

彦次が柳の樹陰でいっとき待つと、玄沢が玉乃屋の戸口に姿をあらわした。

玄沢は、彦次のそばに走り寄り、

「島崎どのは、ここから賭場にむかうそうだ。……何としても、権蔵と瀬川を捕らえたいらしい」

と、息を弾ませて言った。

「あっしも、今日のうちに権蔵と瀬川を捕らえた方がいいとみやした。明日になると、権蔵たちは、別の場所に姿を隠すかもしれねえ」

「わしもそう思う」

「旦那、あっしは先に行って、賭場の様子を見ていやす」

「そうしてくれ。これから、捕方たちを集めて、堀川町の賭場まで行くには、時間がかかるからな」

「賭場の近くで、待っていやす」

彦次は踵を返し、足早にその場を離れた。

5

彦次は賭場の近くにもどると、いったん路傍の樹陰に身を隠し、変わった様子がないのを確かめてから、雑草に覆われた空き地に踏み込んだ。そして、丈の高い叢の陰に身を隠して聞き耳をたてた。

……いるな。

彦次が胸の内でつぶやいた。

賭場になっている仕舞屋のなかから男の声がした。男たちの会話のなかに、先ほどと同様「親分」「瀬川の旦那」と呼ぶ声が聞き取れた。

彦次はいっとき仕舞屋のなかの話し声に耳をかたむけていたが、裏手がどうなっているか、探ってみようと思った。捕方が仕舞屋の表から踏み込んだとき、裏手から逃げる者がいるはずだ。

彦次は音をたてないように叢のなかを歩き、仕舞屋の脇を通って裏手にむかった。仕舞屋の裏手は、狭い空き地になっていた。空き地の先は、笹で覆われている。その笹藪のなかに、小径があった。

……この細道をたどれば、別の道に出られるな。

彦次は胸の内でつぶやいた。そして、捕方の何人かで裏手をかためなければ、権蔵たちに逃げられるとみた。

彦次は裏手に目をやった後、足音をたてないように来た道を引き返した。そして、また空き地のなかの叢の陰にもどった。

彦次がその場にもどって、半刻（一時間）ほど経ったろうか。この場につづく道の先で、何人もの足音が聞こえた。

目をやると、先頭にいる玄沢と島崎、その背後にいる捕方たちの姿が見えた。一隊は、足早に彦次のいる空き地の方に歩いてくる。

彦次は急いで、叢の陰から通りに出た。そして、玄沢が彦次の姿を目にしたことが分かると、すぐに丈の高い叢の陰に身を隠した。島崎や捕方たちに気付かれたくなかったのだ。

見ると、玄沢は島崎になにやら話し、小走りに近付いてきた。島崎たちは路傍に足をとめている。おそらく、玄沢が賭場の様子を見てくるので、その場で待つように話したのだろう。

玄沢は彦次と同じように叢の陰に身を隠し、

「賭場に、権蔵と瀬川はいるな」

と、すぐに訊いた。ふたりのことが、気になっていたらしい。

「いやす」

彦次は仕舞屋に権蔵と瀬川、それに子分たちが四、五人いることを話し、

「賭場の裏手からも逃げられやす」

と言ってから、裏手に背戸があり、小径をたどれば別の道に出られることを話した。

「裏手も、かためねばならんな」

「旦那、叢をたどれば、裏手にまわれやす」

「分かった。島崎どのに話して、仕舞屋に踏み込む前に裏手もかためてもらう」

玄沢が、小声だが強いひびきのある声で言った。

「あっしは、これで」

そう言い残し、彦次がその場を離れようとすると、

「彦次は、どこにいる」

と、玄沢が訊いた。

「あっしは、叢のなかで見てやす。あの家から逃げる者がいたら、跡を尾けて行き先をつきとめやす」

「そうしてくれ」

玄沢は立ち上がった。

彦次は玄沢が離れると、草藪のなかをたどって仕舞屋に近付いた。表だけでなく、裏手も見える場所に身を隠すつもりだった。


玄沢は島崎のそばにもどると、仕舞屋の様子を見てきたことを話し、

「裏手からも、出入りできるようだ。賭場に踏み込む前に、裏手もかためておかないと逃げられる」

と、言い添えた。

「分かった。矢島に話しておく」

そう言って、島崎は矢島に歩み寄った。

島崎は矢島となにやら話していたが、玄沢のそばに来て、

「これから、賭場に踏み込む」

と、顔を厳しくして言った。

「行こう」

玄沢は、島崎とともに一隊の先にたった。そして、仕舞屋が近付いたところで、路傍に足をとめ、

「あの家だ」

と言って、仕舞屋を指差した。

すぐに、島崎が脇にいた矢島に、叢のなかをたどって家の裏手にまわるよう話した。矢島は、無言でうなずいた。気が昂っているらしく顔が紅潮し、双眸が燃えるようなひかりを帯びている。

「おれの後に、ついてこい」

矢島が背後にいる捕方たちに声をかけた。

矢島は七、八人の捕方を連れて叢のなかをたどり、仕舞屋の裏手にむかった。

「おれたちは、表から踏み込む」

島崎が、その場に残った捕方たちに声をかけた。

玄沢は島崎とともに先にたち、叢のなかの小径をたどって仕舞屋の戸口に近付いた。戸口に人影はなかったが、なかから男の声が聞こえた。何人かで話しているようだが、話の内容は聞き取れない。

玄沢たちは戸口が近くなると、足音をたてないように歩いた。そして、戸口の前まで来ると、玄沢が、「あけるぞ」と声をひそめて言った。

島崎や捕方たちは緊張した面持ちで、それぞれ十手や六尺棒などを手にして身構えている。

6

玄沢の手で仕舞屋の入口の板戸があけられた。

敷居につづいて土間があり、その先が狭い板間になっていた。板間の奥は座敷で、そこにふたりの男がいた。遊び人ふうの男である。権蔵の子分であろう。

ふたりの男は、いきなり板戸があいて踏み込んできた捕縛の一隊を見て、凍り付いたように身を硬くしたが、

「捕方だ！」

赤ら顔の男が叫んだ。

すると、もうひとりの面長の男が立ち上がり、

「捕方が、押し込んできた!」

と叫び、左手の廊下に逃げようとした。

「捕れ! 流すな」

島崎が声を上げた。

そばにいた捕方たちが、御用! 御用! と声を上げ、十手や六尺棒などを手に座敷に踏み込んだ。

島崎と玄沢も、座敷に上がった。島崎は十手を手にし、玄沢は刀の柄に右手を添えていたが、まだ抜かなかった。

そのとき、右手の廊下の先で、何人かの足音がした。姿を見せたのは、瀬川と三人の男である。三人は、権蔵の子分のようだ。

瀬川は抜き身を手にしていた。捕方たちを斬る気らしい。

……大勢、殺《や》られる!

と、玄沢はみた。それに、瀬川だけは、自分の手で斬りたい、という思いがあった。すでに、玄沢は瀬川と一度勝負したことがあったが、そのときは勝負の決着がつかず、瀬川が身を引いている。

「瀬川、表へ出ろ！」

玄沢が声をかけた。

瀬川は玄沢に目をむけ、戸惑うような顔をした。この場で捕方たちを斬るか、玄沢と勝負するか迷ったらしい。

「怖《お》じ気《け》づいたか」

さらに、玄沢が詰《なじ》るように言った。

「今日こそ、うぬをたたっ斬ってくれる！」

瀬川が、怒りに顔を染めて怒鳴った。

瀬川が刀を手にして戸口へ足をむけると、近くにいた捕方たちが、慌てて身を引いた。瀬川を恐れて、逃げたのである。

玄沢は、瀬川に体をむけたまま後じさり、敷居を跨《また》いで外に出た。瀬川に背後から斬りつけられないように、後ろを見せなかったのだ。

玄沢は三間ほどの間合をとって足をとめると、素早く抜刀した。瀬川と尋常な勝負をするつもりだった。

「瀬川、いくぞ！」

玄沢は青眼に構えた。構えた刀の切っ先を瀬川の目にむけている。

対する瀬川は、八相だった。両腕を高くとり、刀身を垂直に立てていた。大きな構えである。

……切っ先が、揺れている！

玄沢は、瀬川の刀身の先が、かすかに揺れているのを見てとった。瀬川は、肩に力が入り過ぎている。玄沢との勝負に集中できず、気が乱れているようだ。おそらく、踏み込んできた捕方たちにも気を奪われているのだろう。

玄沢は瀬川といっとき対峙していたが、先に仕掛けた。無言のまま趾《あしゆび》を這うように動かし、ジリジリと間合を狭め始めた。

対する瀬川は、動かなかった。大きな八相に構えたまま、玄沢の気の動きと間合を読んでいる。

一足一刀《いっそくいっとう》の斬撃の間境まで、あと半間――。

玄沢が胸の内で読んだとき、瀬川の全身に斬撃の気が高まってきた。八相から仕掛けてくる気らしい。

玄沢は寄り身をとめた。そして、瀬川の攻撃を誘うように、手にした刀の切っ先を、つッと前に突き出した。

次の瞬間、瀬川の全身に斬撃の気が走った。

イヤアッ！

瀬川が、裂帛の気合を発して斬り込んできた。

八相から袈裟へ――。

鋭い斬り込みだったが、玄沢はこの斬撃を読んでいた。一歩身を引いて、瀬川の切っ先をかわすと、踏み込みざま刀身を横に払った。

咄嗟に、瀬川は身を引いたが、一瞬遅れた。

玄沢の切っ先が、瀬川の右袖を斬り裂いた。露《あらわ》になった瀬川の二の腕に血の色が浮いたが、かすり傷である。

瀬川は、さらに身を引いた。

「逃がさぬ！」

叫びざま、玄沢が大きく踏み込んだ。

と、瀬川は身を引きざま、刀身を袈裟に払った。その斬撃で玄沢の足がとまり、構えがくずれた。

玄沢は一歩身を引いて、あらためて青眼に構え直した。この動きを目にした瀬川は、素早い動きで身を引いて踵を返すと、抜き身を手にしたまま脱兎《だっと》のごとく走りだした。逃げたのである。

「ま、待て！」

玄沢は、抜き身を手にしたまま瀬川の後を追った。

だが、瀬川との間は広がるばかりだった。還暦に近い年寄りの玄沢より瀬川の方が、足は速かった。

玄沢は、瀬川の姿が遠ざかったところで足をとめた。追うのを諦めたのだ。玄沢は手にした刀を鞘《さや》に納めると、仕舞屋の戸口に目をやった。仕舞屋の戸口に、捕方たちの姿が見えた。

仕舞屋のなかからは、御用！　御用！　という捕方の声と、男の怒声などが聞こえた。まだ捕物はつづいている。

7

玄沢は仕舞屋の戸口にむかって走った。瀬川は逃がしたが、まだ権蔵や子分たちが、残っている。

玄沢が戸口から仕舞屋に飛び込むと、土間の先の座敷に、三人の捕方がいた。座敷のなかほどに縄をかけられた遊び人ふうの男がふたり座っている。島崎や他の捕方たちの姿はなかった。

「島崎どのたちは、どこだ」

玄沢が訊いた。

「奥の座敷に！」

捕方のひとりが答えた。

玄沢は、すぐに座敷から廊下に出た。隣の座敷から、御用！　御用！　という声や男の怒声などが聞こえてきた。捕方たちが、何人かの男を捕縛しようとしているらしい。

玄沢は、障子を開け放って座敷に飛び込んだ。

座敷のなかほどに、ならず者らしい男がふたりいた。ひとりは匕首を、もうひとりは長脇差を手にしている。

捕方は五人。十手の他に、刺又を手にしている者もいた。ひとりの捕方の頬に、血の色があった。浅い傷だが、長脇差で斬られたのかもしれない。

玄沢は頬に傷のある捕方の脇に立ち、

「こやつは、わしが仕留める」

と言って、長脇差を手にしている男の前に立った。そして、手にした刀の切っ先を男にむけた。

男は血走った目で玄沢を睨み、

「殺してやる！」

と、叫びざま、手にした長脇差を振りかぶって踏み込んできた。

男は玄沢に迫ると、長脇差を袈裟に払った。構えも間合の読みもない喧嘩《けんか》殺法だが、捨て身の攻撃には威力があった。

玄沢は咄嗟に身を引いて男の長脇差の切っ先をかわすと、刀身を袈裟に払った。

一瞬の反応である。

玄沢の切っ先が、男の右の前腕をとらえた。

ザクリ、と前腕が裂け、血が流れ出た。男は長脇差を取り落とし、悲鳴を上げてよろめいた。男は足がとまると、左手で右手の傷口を押さえた。顔が、恐怖でひき攣っている。

「捕れ！」

玄沢が捕方たちに声をかけた。

すると、ふたりの捕方が踏み込み、ひとりが男に足をかけて押し倒し、もうひとりが倒れた男の肩を押さえつけた。

これを見た匕首を手にしている男が悲鳴を上げ、廊下へ飛び出そうとした。すかさず、玄沢は男の前に立ち塞がり、刀身を峰に返して横に払った。

ドスッ、という鈍い音がし、玄沢の刀身が男の腹を強打した。男は呻き声を上げてよろめき、足がとまると、両手で腹を押さえてうずくまった。苦しげに、顔を歪めている。肋骨でも折れたのかもしれない。

そこへ、他の捕方が近付き、男の両肩を押さえつけた。これを見た別の捕方が、捕縄を手にして走り寄った。

「任せたぞ！」

玄沢はそう言い置き、座敷から出た。隣の部屋が気になっていた。隣から、何人もの足音、男の悲鳴、刃物を弾き合う音などが聞こえてきたからだ。

玄沢は隣の部屋の障子を開け放った。そこは、広い座敷だった。博奕の盆茣蓙があった場所らしい。座敷の隅には、何枚もの座布団が積まれていた。

ここにも、遊び人ふうの男がふたりいた。ひとりは、呻き声を上げて座敷の隅に蹲っている。捕方たち四人が、もうひとりの男を捕らえようとしていた。

権蔵が連れてきた子分の他に賭場にも子分がいたのだ。

玄沢は捕方のひとりに近寄り、

「島崎どのたちは、どうした」

と、訊いた。そこにも、島崎の姿はなかったのだ。

「背戸から逃げた権蔵を追って出ました」

捕方のひとりが、昂った声で言った。

「そこだな」

玄沢が、賭場になっている座敷の右手を指差した。その奥が台所になっていて、土間の先に背戸がある。

「その戸から出ました」

捕方が言い添えた。

「行ってみる」

玄沢は、その場を捕方たちに任せて権蔵を追おうと思った。何とか、権蔵を捕らえたい。それに、島崎のことも気になった。

玄沢は、背戸をあけて外に出た。

仕舞屋の裏手には、何人もの男たちがいた。権蔵の子分と思われる者がふたり、そのふたりを取り囲んで、捕方たちが十手や六尺棒などをむけていた。その捕方たちの背後に、島崎の姿があった。捕方を指揮しているようだ。

玄沢は島崎のそばに走り寄り、

「島崎どの、権蔵は」

と、すぐに訊いた。裏手にも、権蔵の姿が見当たらなかったからだ。

「ここから、逃げた」

島崎が口早に話したことによると、権蔵は仕舞屋の奥の座敷にいたが、表から捕方が踏み込んでいくと、背戸から裏手に逃げたという。

島崎たちは、すぐに権蔵たちを追って背戸から飛び出した。だが、何人かの子分が背戸近くで待っていて、親分の権蔵を逃がすために島崎たちに襲いかかったという。

「おれたちが、子分たちとやり合っている隙に、権蔵はふたりの子分を連れてここから逃げたのだ」

島崎が昂った声で言った。

「それで、どうした」

玄沢が話の先を促した。

「裏手にいた矢島たちに、権蔵たちを任せた。相手は権蔵と子分がふたりなので、矢島たちの手で押さえられるとみたのだ」

「いま矢島たちは、権蔵たちを追っているのか」

「追っているはずだ」

「そうか」

権蔵を追っているのは、矢島たちだけではない、と玄沢は思った。裏手に身を潜めていた彦次も、跡を尾けているはずである。

「わしも、行ってみる」

玄沢は、彦次や矢島たちのことが気になった。権蔵と子分がふたりだけらしいので、矢島たちが後れをとるようなことはないと思ったが、何が起こるか分からない。

8

まだ、玄沢たちが仕舞屋のなかで闘っていたとき、彦次は、裏手の笹藪の陰に身を隠していた。そこへ、背戸から権蔵と四人の子分が走り出た。彦次は身を乗り出して、権蔵たちを見たが、その場から動かなかった。

権蔵たちからすこし遅れ、島崎と何人かの捕方が飛び出してきた。すると、子分のふたりが刃物を手にして、島崎たちに立ち向かい、親分の権蔵を逃がそうとした。

権蔵とふたりの子分は、島崎たちとふたりの子分がやりあっている隙を見て、その場から逃げた。

一方、島崎は逃げる権蔵たちを追わなかった。裏手をかためていた矢島たち一隊に、権蔵たちを任せたのである。

権蔵とふたりの子分は、裏手の笹藪のなかの小径をたどって逃げた。その三人を、矢島たち一隊が追っていく。

矢島たち一隊は、八人だった。八人で、権蔵たちを取り囲めば、捕らえられるだろう。

彦次は、矢島たち一隊の跡を尾けた。尾行は楽だった。矢島たち一隊は先を行く権蔵たちに気を配り、後ろを振り返るようなことはなかったからだ。

笹藪のなかの小径は、人家のある通りとつながっていた。ただ、その辺りも人家はすくなく、寂しい場所だった。通り沿いには、空き地や笹藪、雑木林などがつづいている。

ときおり通りかかった地元の住人らしい男が、権蔵たちと背後から追ってくる捕方たちを見て、驚いたような顔をした。そして、慌てて路傍に身を寄せ、権蔵たちや捕方たちから逃げた。

矢島たちと、先を行く権蔵たちとの間はしだいに狭まってきた。

権蔵の喘《あえ》ぎ声が聞こえた。年配で恰幅のいい権蔵は、足早に逃げつづけたために息が上がったようだ。

矢島たち一隊は、権蔵たちに迫っていく。すると、捕方のなかのふたりが、走りだした。ふたりは、見る間に権蔵たちに近付いた。一気に、追いつこうとしたらしい。

「来やがった！」

子分のひとりが、叫んだ。

すると、権蔵は背後を振り返り、

「ま、政八《まさはち》、やつらを食い止めろ」

と、喘ぎながら言った。

政八と呼ばれた男が、足をとめた。そして、懐から匕首を取り出した。政八の顔は強張り、手にした匕首が震えている。

権蔵ともうひとりの子分は、ふらつく足取りで逃げていく。

後から追ってきた矢島たちは、立ち塞がった政八の前まで来ると、足をとめた。道幅が狭く、政八の脇を通り過ぎることができなかったのだ。

「前を空けろ！」

先頭にいた捕方のひとりが、手にした六尺棒を、立ち塞がった政八を狙《ねら》っていきなり振り下ろした。

政八は身を引いて、六尺棒をかわそうとしたが、間に合わなかった。ゴン、という鈍い音がし、六尺棒が政八の頭を強打した。

政八は呻き声を上げてよろめいたが、倒れなかった。手にしていた匕首は、取り落としている。

「この男に構うな。権蔵を追え！」

矢島が叫んだ。

権蔵と子分のひとりは、懸命に逃げていく。だが、権蔵の息は上がり、足がさらにふらついてきた。

捕方が間近に迫ると、権蔵は喘ぎ声を上げながら足をとめた。これ以上、逃げられないと思ったらしい。

そこへ、矢島たち一隊が走り寄った。

権蔵と子分のひとりは、路傍に立った。そして、子分が権蔵の前に立ち、懐から匕首を取り出した。まだ、抵抗するつもりらしい。

権蔵は武器を手にせず、肩で息をしながら路傍につっ立ったまま、捕方たちを睨むように見据えている。

捕方たちは、手に手に十手や六尺棒を持ち、権蔵と子分を取り囲んだ。

「捕れ！」

矢島が捕方たちに声をかけた。


このとき、彦次はすこし離れた場所で、捕方たちが、権蔵と子分を取り囲んでいるのを見ていた。そこは、路傍で枝葉を茂らせていた樫の樹陰である。

……おれの出る幕じゃァねえや。

と、彦次はつぶやいた。

矢島たち一隊は、多勢だった。しかも、十手と六尺棒の他に、突棒、刺又などの長柄の捕具を手にしている者もいる。

彦次は、樹陰に身を隠したまま捕物を眺めていた。このまま帰る気にはなれなかった。権蔵と子分が捕方に押さえられるところを、自分の目で見ておきたかったのだ。

権蔵は盗人ややくざ者たちを束ねていた頭目であり、飛猿と見せて商家に押し入っていた安造と桑五郎を、子分として身近に置いた男でもある。彦次にとって、権蔵は敵の頭目だった。いま、その男が町方に捕らえられようとしているのだ。

御用！　御用！　と声を上げ、捕方たちが、権蔵と子分に迫っていく。

そのとき、子分の前に立っていた捕方のひとりが踏み込み、「神妙にしろ！」と叫びざま、手にした六尺棒を振り下ろした。

咄嗟に、子分は手にした匕首を振り上げて、六尺棒を受けようとした。だが、一瞬、遅れた。

六尺棒が子分の頭を強打し、ゴン、という鈍い音がした。子分の首が傾《かし》ぎ、体が揺れ、腰から崩れるように転倒した。

子分は倒れ、低い呻き声を洩らしたが、頭を擡げようともしなかった。地面に俯せになったまま苦しげな呻き声を上げている。

これを見た権蔵は、逃げようとして周囲に目をやったが、その場から動かなかった。捕方たちに取り囲まれ、逃げられなかったのである。

「権蔵に、縄をかけろ！」

矢島が捕方たちに指示した。

すると、三人の捕方が権蔵を取り囲んだ。ふたりが、権蔵の両腕をとって後ろにまわすと、もうひとりが縄で素早く縛った。さらに、腕や肩にも縄をまわし、しっかりと縛り上げた。

別の捕方が、倒れている子分の体を起こし、後ろ手に縛った。子分は苦しげに顔をしかめ、捕方たちのなすがままになっている。

「引っ立てろ！」

矢島が、捕方たちに声をかけた。

捕方たちは捕らえた権蔵と子分を連れ、賭場だった仕舞屋へむかった。

彦次は、樹陰から捕方たちに連行される権蔵と子分に目をやっていた。そして、一行が遠ざかると、

……これで、始末がついた。

と、つぶやき、踵を返した。

彦次は、賭場になっていた仕舞屋にもどる気はなかった。八丁堀同心の島崎や矢島の目にとまりたくなかったのだ。

彦次は別の道をたどって、先に船宿の玉乃屋の近くに行き、玄沢がもどるのを待つつもりだった。

そこで玄沢と顔を合わせ、ふたりで長屋に帰るのである。そして、長屋で一杯やるのだ。今夜は、旨い酒が飲めるだろう。

第六章　決戦

1

彦次は、酒の入った徳利を手にして玄沢の家にやってきた。今日は、珍しく屋根葺きの仕事に行って早めに帰り、おゆきとおきくの三人で夕めしを食べた。そして、彦次が、

「今夜、玄沢さんといっしょに酒を飲む約束になっている」

と話すと、

「おまえさん、行ってらっしゃい」

おゆきが機嫌よく言い、娘のおきくとふたりで、戸口まで見送ってくれたのだ。

ふたりは、彦次がいつもより早く帰り、親子三人で夕めしが食べられたので、嬉《うれ》しかったのだろう。

彦次が玄沢の家の腰高障子をあけると、座敷に座っていた玄沢が、

「彦次、待っていたぞ」

と、身を乗り出して言った。

玄沢の膝先には、湯飲みがふたつ置いてあった。彦次と酒を飲むつもりで待っていたらしい。

「肴は何もないぞ」

玄沢が言った。

「ふたりで飲める酒がありやすから、それで十分でさァ」

彦次は座敷に上がると、玄沢の脇に膝を折った。

「飲んでくだせえ」

彦次は、玄沢の湯飲みに酒を注いだ。

玄沢は彦次が自分の湯飲みに注ぐのを待ってから、

「今夜は、飲むぞ」

と言って、旨そうに酒を飲んだ。

ふたりは、いっとき手酌で酒を注いで飲んでいたが、

「まだ、始末がつかぬ」

玄沢が、顔をひきしめて言った。

「瀬川ですかい」

彦次が瀬川の名を口にした。

「そうだ」

三日前、玄沢と彦次は、町奉行所の同心の島崎たちと、堀川町にあった賭場へ行った。ただ、彦次は遠くから見ていただけである。

いずれにしろ、島崎たちは頭目の権蔵をはじめ子分たち、それに先に捕らえた安造と桑五郎も加えると、一味のほぼすべての罪人を捕らえたり斬ったりした。

だが、ひとり瀬川だけが残っていた。しかも、玄沢は賭場の前で瀬川と闘ったが、仕留められずに逃げられたのだ。

「何としても、わしの手で瀬川を討ち取りたい。そうでないと、彦次だけでなく、島崎どのたちにも顔が立たぬ」

玄沢が、いつになく顔を厳しくして言った。

「旦那、あっしが、瀬川がどこにいるか、探ってきやす」

「彦次、心当たりはあるのか」

「心当たりはねえが、これまで瀬川がいたところを歩いてみやす。……どこかに、もどっているはずでさァ」

彦次が言った。瀬川は賭場から逃げた後、一度ぐらいはこれまでいたところに姿を見せたはずである。

「わしも、行こうか」

玄沢が言った。

「いえ、あっし、ひとりで行きやす。瀬川の足跡をたどって話を訊くだけですからね。瀬川の居所が知れたら、真っ先に旦那に知らせやすよ」

そう言って、彦次は湯飲みの酒を飲み干した。

彦次と玄沢は一刻（二時間）ほど飲み、徳利の酒を飲み干したところで、彦次が腰を上げた。今夜は、おゆきやおきくと一緒に寝るつもりだった。

翌朝、彦次は早めに長屋を出た。そして、玄沢の家には立ち寄らず、ひとりで長屋の路地木戸を出た。

まず、彦次がむかったのは、永代橋の近くにある船宿の玉乃屋だった。彦次は大川端沿いの道を南にむかって歩き、玉乃屋が近くなると、川沿いに植えられた柳の樹陰に身を隠した。

……玉乃屋は、しまっているようだ。

彦次は、玉乃屋の表戸がしまっているのを見た。店のなかから、物音も人声も聞こえてこない。

彦次は樹陰から出ると、玉乃屋に近付いた。そのとき、玉乃屋の脇から船頭らしい男がひとり出てきた。男は桟橋にむかって歩いていく。

彦次は桟橋に目をやった。これまでは、いつも二、三艘の舟が舫ってあったのだが、今日は猪牙舟が一艘だけである。

男は桟橋に下り立つと、猪牙舟に乗り込んだ。舟を出すつもりらしい。

彦次は急いで桟橋につづく石段を下り、猪牙舟に近付くと、

「すまねえ、訊きてえことがあるんだが」

と、声を大きくして言った。大声でないと、大川の流れの音に掻き消されてしまうのだ。

「何です」

船頭は顔を彦次にむけ、声を大きくして訊いた。

「そこの船宿の船頭か」

「四日前まではね」

船頭が顔をしかめて、「玉乃屋は、つぶれちまったんでさァ」と吐き捨てるように言った。

「つぶれたのか」

「玉乃屋の旦那や奉公人たちが、店から出ていっちまったんで」

船頭は、親分と子分たちではなく、旦那と奉公人という言い方をした。おそらく、自分も賭場に出入りしていたのだろう。それで、権蔵たちのことを隠したのかもしれない。

「夜逃げか！」

彦次は驚いたような顔をしてみせた。

「そうでさァ」

「船宿が、うまくいかなかったのか。ここは、いい場所だがなァ」

彦次が言った。

「旦那、何か用ですかい」

船頭は舟を出したいのか、棹《さお》を手にして訊いた。

「玉乃屋に出入りしていた二本差しの旦那に、用があって来たのだ」

彦次はそう口にした後、壺を振る真似をし、「その旦那に、言伝《ことづて》があってきたのよ」と船頭を上目遣いに見て小声で言った。

「瀬川の旦那にかい」

船頭も、声をひそめた。

「そうよ」

「瀬川の旦那は、いねえよ」

船頭が素っ気なく言った。

「どこにいるか知らねえかい」

「昨日、ここに顔を出したとき、相生町にいると言ってたな」

「相生町のどこだい」

すぐに、彦次が訊いた。

相生町は本所の竪川《たてかわ》沿いにあり、一丁目から五丁目までつづいている。相生町と分かっただけでは、探しようがない。

「四丁目でな。二ツ目橋の近くと聞いたぜ」

船頭が声高に言った。

竪川にかかる橋も、一ツ目橋から二ツ目橋、三ツ目橋と順につづいている。

「借家かい」

彦次は、瀬川が長屋に住んでいるとは思えなかったので、そう訊いたのだ。

「借家で、情婦《いろ》のところだと聞いたな」

船頭は首を捻った。はっきりしないのだろう。

「行ってみるか」

彦次は、邪魔したな、と船頭に声をかけ、桟橋から大川端沿いの通りにもどった。

2

彦次は、大川端沿いの道を川上にむかい、竪川にかかる一ツ目橋を渡った。そこが、相生町一丁目である。

さらに、竪川沿いの道を東にむかって歩くと、前方に二ツ目橋が見えてきた。

……あの橋の近くだな。

彦次が胸の内でつぶやいた。確か、二ツ目橋の手前が相生町四丁目である。

彦次は二ツ目橋のたもと近くまで行き、川沿いにひろがる町並に目をやったが、借家らしい家屋は見当たらなかった。

彦次は、訊いた方が早い、と思い、通りかかった近所の住人と思われる子供連れの母親らしい女に、

「この辺りに、借家があると聞いてきたんだが、知らねえか」

と、声をかけた。

「借家ですか」

女は首を捻ったが、思い出したのか、ちいさく頷くと、

「そこにある八百屋の手前の道を入った先ですよ。……一町ほど歩くと、借家が三軒並んでます」

そう言うと、五、六歳と思われる女の子の手を引いて離れていった。

彦次が道沿いに並んでいる店に目をやると、半町ほど先に八百屋があった。店の手前に、細い道がある。

彦次は女から聞いたとおり、八百屋の手前の道に入った。そして、一町ほど歩くと、道沿いに借家らしい同じ造りの家屋が、三軒並んでいた。

彦次は三軒並んでいる家屋の近くまで来ると、路傍に足をとめた。まず、どの家に瀬川の情婦が住んでいるのか、突き止めなければならない。

彦次は近所の住人に訊けば、すぐに分かるだろうと思い、住人らしい者が通りかかるのを待った。

その道沿いには、小体《こてい》な店や仕舞屋などが並んでいたが、人通りは疎《まば》らだった。ほとんど町人で、子供連れの女や年寄り、それにぼてふりなどが目についた。男たちは、仕事に出ているのだろう。

彦次は、腰の曲がった男の年寄りが、杖をつきながら歩いてくるのに目をとめた。

……あの爺さんに、訊いてみるか。

と思い、年寄りが近付くのを待った。

彦次は年寄りが目の前に来ると、

「爺さん、すまねえ」

と、声をかけた。

「わしに、何か用かい」

年寄りは足をとめ、しゃがれ声で訊いた。

「そこに、借家が三軒あるな」

彦次が指差して言った。

年寄りは、彦次が指差した方に目をやり、

「あるが、借家がどうかしたかい」

と、訊いた。首を捻っている。見ず知らずの男が、突然、借家のことなど持ち出したからだろう。

「おれの知り合いの二本差しが、ちかごろ借家に住むようになったのだが、どの家か分かるかい」

「お侍が住むようになった家だと……」

年寄りはそうつぶやいて、あらためて三軒の家に目をやり、

「住んでるかどうか、知らねえが、お侍が家から出て来たところを見たな」

と、つぶやくような声で言った。

「侍は、どの家から出てきた」

すぐに、彦次が訊いた。

「手前の家だ。……おめえ、あの家には、色っぽい女も住んでるらしいぞ」

年寄りが、口許に薄笑いを浮かべた。何か卑猥なことでも想像したのだろう。

「爺さん、すまねえ」

彦次は年寄りに声をかけ、三軒並んでいる借家の方に足をむけた。

年寄りは路傍に立ったまま彦次に目をむけていたが、彦次が遠ざかると、ゆっくりと歩きだした。

彦次は通行人を装って、手前の借家に近付いた。家はひっそりしていたが、かすかに床板を踏むような足音が聞こえた。

……女だな。

彦次は、足音から大人か子供か、若いか年寄りか、聞き分ける耳を持っていた。夜中に商家に忍び込むと、目より耳の方が役に立つことがすくなくない。

彦次はそのまま三軒の借家の前を通り過ぎ、半町ほど歩いてから路傍に足をとめた。

二軒目の家からは、子供と母親らしい女の声がした。三軒目の家は、留守らしくひとのいる気配がなかった。

彦次は年寄りから聞いたとおり、瀬川の情婦は、女の足音が聞こえた家に住んでいるとみた。

彦次はそれだけ確かめると、ふたたび竪川沿いの通りに出た。そして、一膳めし屋を目にして入った。一杯やりながら時を過ごし、瀬川が情婦のいる家にもどったかどうか確かめようと思ったのだ。

彦次は陽が西の空にまわってから、ふたたび八百屋の手前の道に入った。そして、一町ほど歩き、三軒並んでいる借家からすこし離れた場所で足をとめた。

彦次は路傍に立ったまま手前の借家に目をやり、耳を澄ました。借家から、かすかに人声が聞こえた。男と女の声である。

彦次は手前の家に男と女がいることを確かめると、さらに近付いた。

……瀬川がいる！

彦次は胸の内で声を上げた。女が、瀬川の旦那と呼んだのを耳にしたのである。

彦次は踵を返した。これ以上、この場にとどまる必要はなかった。庄兵衛店にもどって、瀬川の居所が知れたことを玄沢に知らせるのだ。

彦次は庄兵衛店にもどると、玄沢の家に立ち寄った。玄沢は家にいた。竈《かまど》の前に屈んで、火を焚《た》き付けている。

「飯を炊いているところだ」

玄沢が首を伸ばして言った。

彦次は上がり框に腰を下ろし、

「旦那、瀬川の居所が分かりやしたぜ」

と声をかけ、瀬川が相生町四丁目の借家に、情婦といっしょにいることを話した。

「早い方がいいな。今夜は無理だが、明日の朝にも瀬川を討つか」

玄沢が、つぶやくような声で言った。双眸が剣客らしい鋭いひかりを放っている。

3

翌朝、彦次と玄沢は、暗いうちに庄兵衛店を出た。

　ふたりは、昨日彦次がたどった道とは別の道を行くことにした。相生町四丁目に行く近道といってもいい。

　ふたりは、仙台堀沿いの道を大川方面とは逆に東にむかった。そして、仙台堀にかかる海辺橋のたもとで北に折れた。その道をたどれば、竪川にかかる二ツ目橋のたもとに出られるのだ。

「彦次、借家にいるのは、瀬川と情婦《いろ》だけか」

　玄沢が歩きながら訊いた。

「そうでさァ」

　彦次は、瀬川の情婦が住んでいる家であることを話した。

「わしが、瀬川を家の外に呼び出す。……瀬川と勝負するつもりなので、彦次は手を出さんでくれ」

　玄沢が言った。その声には、強いひびきがあった。ひとりの剣客として、勝負したいという気持ちと、彦次を守ろうとする思いがあるようだ。彦次が瀬川に立ち向かえば、間違いなく斬られる、とみているのだろう。

　彦次は無言でうなずいた。彦次も、瀬川には勝てないと分かっていたのだ。

ふたりはそんなやり取りをしながら歩き、竪川にかかる二ツ目橋を渡った。そして、道沿いで店をひらこうとしている八百屋に目をとめた。

彦次と玄沢は、八百屋の脇の道に入った。ふたりは、一町ほど歩いたところで路傍に足をとめ、

「そこの借家でさァ」

と彦次が言って、三軒並んでいる手前の借家を指差した。

「瀬川はいるかな」

「あっしが、見てきやす」

そう言い残し、彦次はひとりで借家にむかった。

彦次は通行人を装い、借家に近付いていった。そして、手前の借家の前まで来ると、歩調を緩めて聞き耳を立てた。

……いる！

家のなかから、聞き覚えのある瀬川の声が聞こえた。瀬川は、情婦を相手に茶を飲んでいるらしい。急須で、湯飲みに茶を注ぐような音が聞こえたのだ。

彦次は家の前を通り過ぎ、すこし歩いてから踵を返して玄沢のいる場所にもどっ

た。

「瀬川は、いやす」

すぐに、彦次が言った。

「情婦《いろ》といっしょか」

玄沢が訊いた。

「いっしょのようでさァ」

「外に呼び出すしかないな」

玄沢はあらためて借家に目をやり、「家の前に、ふたりで立ち合うだけの間はあるな」とつぶやいた。

玄沢が先にたち、すこし間をとって彦次がつづいた。ふたりは借家の手前まで来ると、

「彦次、ここにいてくれ。わしが、瀬川を呼びだす」

玄沢がそう言い、ひとりで借家の戸口にむかった。

彦次は、借家からすこし離れた路傍の灌木《かんぼく》の陰に身を隠した。ふたりの斬り合いに手を出すつもりはなかったが、玄沢が危ういとみたら、石でも投げて玄沢に加勢

するつもりだった。

玄沢は借家の前で足をとめて、通りの左右に目をやってから戸口に近付いた。板戸に身を寄せると、家のなかから男と女の声が聞こえた。彦次から聞いたとおり、瀬川が情婦と話しているようだ。

玄沢は板戸をあけた。狭い土間があり、その先の座敷に、瀬川と年増の姿があった。瀬川は湯飲みを手にしていた。

瀬川は戸口から入ってきた玄沢を目にすると、驚いたような顔をしたが、

「ここが、よく分かったな」

そう言って、脇に置いてあった大刀に手を伸ばした。

瀬川の脇に座していた年増が、

「おまえさん、この人は」

と、不安そうな顔をして訊いた。

「おれを付け回している年寄りだ。……そろそろ冥土《めいど》に送ってやろう」

瀬川は嘯くように言うと、刀を手にして立ち上がった。

瀬川が戸口に足をむけようとすると、女も立ち上がり、

「危ないことは、やめておくれ」

と、縋《すが》るように身を寄せて言った。

「すぐもどる。おけいは、茶でも飲んで待っていろ」

瀬川は足をとめなかった。女は、おけいという名らしい。

玄沢は体を瀬川にむけたまま後ずさり、戸口の敷居を跨いだ。そして、家の前の道に出ると、すばやく身を引いて広く間をとった。

戸口から出た瀬川は、玄沢と対峙して立った。ふたりの間合は、およそ三間半。真剣勝負の間合としては、十分である。

「行くぞ！」

玄沢が抜刀した。

「おおッ！」

と声を上げ、瀬川も刀を抜いた。近くを通りかかった子供連れの母親と職人ふうの男が、悲鳴を上げて逃げた。

玄沢は青眼に構え、刀の切っ先を瀬川の目にむけた。隙のない構えで、どっしり

と腰が据わっている。

対する瀬川は、八相だった。刀の柄を握った両手を高くとり、刀身を垂直に立てた。その刀身が、青白くひかっている。

玄沢と瀬川は、以前立ち合ったときと同じ構えをとった。ただ、両者には以前と違う一撃必殺の気魄があった。

4

玄沢と瀬川は、青眼と八相に構えて対峙したまま動かなかった。ふたりとも、全身に斬撃の気配を見せて気魄で攻めている。

どれほどの時が過ぎたのか。ふたりには、時間の経過の意識がなかった。敵を気魄で攻めることに集中していたからだ。

そのとき、借家の屋根にいた一羽の雀が飛びたった。その雀が、瀬川の視界をよぎった。一瞬、瀬川の気が乱れた。

この一瞬の隙を、玄沢がとらえた。

玄沢は無言のまま趾《あしゆび》を這うように動かして、瀬川との間合をジリジリと狭め始めた。

対する瀬川は、動かなかった。高い八相に構えたまま、両者の間合と玄沢の斬撃の起りを読んでいる。

ふたりの間合が狭まるにつれ、両者の全身に斬撃の気が高まってきた。いまにも、斬り込んでいきそうである。

……斬撃の間境まで、あと半間。

と、玄沢が読んだ。

そのとき、瀬川の全身に斬撃の気配が高まり、その体が膨れ上がったように見えた。大きな八相の構えとあいまって、上から覆いかぶさってくるような威圧感がある。

だが、玄沢はすこしも臆《おく》さず、

タアッ！

と、鋭い気合を発した。気合で、瀬川の構えをくずそうとしたのだ。

玄沢の気合で、瀬川の両腕に力が入ったのか、八相に構えた刀身がかすかに揺れた。

この一瞬の隙を、玄沢がとらえた。

鋭い気合を発しざま、青眼に構えた刀の切っ先を、つッと前に突き出した。斬撃の起りと見せた誘いである。

この誘いに、瀬川が反応した。

イヤアッ！

裂帛の気合を発し、瀬川が八相から袈裟に斬り込んできた。

鋭い斬撃だったが、玄沢はこの太刀筋を読んでいた。一瞬、身を引きざま腕を伸ばして突き込むように籠手に斬り込んだ。

二筋の閃光《せんこう》が、袈裟と突き出された槍《やり》の穂のように前にはしった。刹那《せつな》、瀬川の切っ先が玄沢の小袖の左の肩口を斬り裂き、玄沢の切っ先は瀬川の右手を突き刺した。

次の瞬間、ふたりは後ろに跳んで、大きく間合をとった。

ふたたび、玄沢は青眼に構え、瀬川は八相にとった。瀬川の八相に構えた刀身が、揺れている。

瀬川の右の前腕から血が流れ出、赤い筋になって落ちた。一方、玄沢の小袖の左の肩口は斬り裂かれていたが、血の色はなかった。瀬川の切っ先は、玄沢の肌まで届かなかったようだ。

「瀬川、勝負あった。刀を下ろせ」

　玄沢が声をかけた。

「まだだ！」

　瀬川が、目をつり上げて叫んだ。顔が憤怒《ふんぬ》に歪み、体が顫えている。

　玄沢は青眼に構えたまま一歩踏み込み、一足一刀の斬撃の間境に迫ると、瀬川の目にむけていた剣尖《けんせん》をスッと脇へ寄せた。

　隙を見せて、瀬川に斬り込ませようとしたのだ。誘いである。この誘いに、瀬川が反応した。

　タアアッ！

　甲走った気合を発し、瀬川が斬り込んできた。

　八相から袈裟へ——。

　たたきつけるような斬撃だった。だが、この斬り込みを読んでいた玄沢は、身を引いて瀬川の切っ先をかわした。そして、瀬川の喉を狙《ねら》って、突きをはなった。一瞬の攻防である。

玄沢の切っ先が、瀬川の喉をとらえた。

切っ先が瀬川の首を突き刺した次の瞬間、玄沢は後ろに大きく跳んで、瀬川との間合をとった。

瀬川の首から血が噴出した。切っ先が、首の血管《ちくだ》を切ったらしい。瀬川は血を撒きながらよろめき、足がとまると、腰から崩れるように転倒した。

俯せに倒れた瀬川は首から血を噴出させながら、身を起こそうとしたが、わずかに前に這っただけで、地面に俯せになった。

それでも、瀬川は首を擡げようとしたが、いっときすると、地面に俯せになったまま動かなくなった。

瀬川の首から流れ出た血が、赤い布を広げるように地面を染めていく。

玄沢は瀬川の脇に立ち、

「死んだ」

と、つぶやくような声で言った。玄沢の紅潮した顔から血の気が引き、いつもの穏やかな表情に変わっていく。

そこへ、彦次が走り寄り、

「さすが、旦那だ。強《つえ》えや！」

と、感嘆の声を上げた。

「勝負は紙一重だった。わしがこの場に横たわり、瀬川が立っていても、不思議はない」

玄沢が瀬川の死体に目をやって言った。

「旦那、どうしやす」

彦次が玄沢に訊いた。

「死体をこのままにしておくことは、できん。……彦次、手を貸してくれ。死体を家の戸口まで運んでやろう」

「承知しやした」

彦次も、死体を家の前まで運んでおこうと思ったのだ。

彦次と玄沢は、瀬川の死体を手前の借家の前まで運んだ。そして、戸口の脇に横たえた。

家の表戸はしまったままだったが、なかに人のいる気配がした。瀬川の情婦であろう。情婦は、戸口から玄沢と瀬川の斬り合いを見ていたにちがいない。そして、瀬川が斬られ、その死体を彦次たちが運んでくるのを見て怖くなり、家に逃げ込んだのだろう。

彦次と玄沢は、戸口に瀬川の死体を置くと、

「わしらは、帰る。後は、任せたぞ」

玄沢が、家のなかにいる女に声をかけた。

家のなかからは、何の返答もなかったが、

「死人に罪はない。瀬川を葬ってやれ」

玄沢はそう言い残し、彦次とともに戸口から離れた。

5

「あら、おきくが、眠ってしまったわ」

おゆきが、座敷の隅に目をやって言った。

ひとり娘のおきくは、座敷の隅に置いてあった掻巻の上で眠っている。

「腹が一杯になったら、眠くなったのだな」

彦次が、笑みを浮かべて言った。

今日、彦次は仕事から早く帰り、しばらくすると、彦次、おゆき、おきくの三人で夕めしを済ませた後、座敷で寛いでいた。しばらくすると、おきくは部屋の隅に置いてあった掻巻のそばで横になり、ひとりで転がって遊んでいたが、眠ってしまったようだ。

玄沢が瀬川を斬殺して、十日経っていた。この間、彦次は屋根葺きの仕事に出掛け、帰りが遅くなることはなかった。

「風邪をひかないかな」

彦次が言った。

「そうね。掻巻を掛けましょう」

おゆきは立ち上がると、おきくのそばに行って体をすこし動かし、掻巻を体にかけてやった。

「様子を見て、布団に寝かせます」

そう言って、おゆきは彦次のそばに座ると、

「おまえさん、一杯、飲みますか」

彦次を見つめて訊いた。

「酒はあるのか」

彦次が、目を細めて言った。まだ、六つ半（午後七時）ごろだった。寝るには、早過ぎる。

「あります。家で飲むこともあるかと思って、買っておいたの」

そう言って、おゆきは立ち上がると、流し場に置いてあった貧乏徳利を持ってきた。

「ありがたい。今夜は、久し振りにゆっくり飲もう」

「ねえ、玄沢さまも呼んできませんか。今日ね、井戸端で玄沢さまと会ったの。そのとき、玄沢さま、おまえさんが帰ってきたら、いっしょに一杯やりたいって言ったのよ」

「おれが、呼んでくる」

彦次が玄沢と飲むときは、ほとんど玄沢の家だった。たまには、自分の家に玄沢を呼んで一杯飲みたいと思っていたのだ。

「あたし、支度して待ってます」

おゆきが言った。

彦次は家を出ると、玄沢の家にむかった。玄沢は座敷にいた。膝先に徳利と湯飲みが置いてあった。玄沢も夕めしを食べ終え、寝る前に一杯やろうとして、腰を下ろしたところらしい。

「いいところへ、来やした」

彦次はそう言って、あっしの家で、いっしょに飲みやしょう、と玄沢に声をかけた。

「おゆきさんと、おきくちゃんは……」

玄沢が小声で訊いた。

「おきくは眠っている。それで、おゆきがおれに、旦那を呼んできたらどうか、って」

「それなら、いっしょに飲むか」

玄沢が、目を細めて立ち上がった。

玄沢は自分の家にあった酒の入っている大きな徳利を手にし、彦次の家にむかった。

　彦次と玄沢は、座敷のなかほどに胡座をかき、湯飲みを手にして飲み始めた。ふたりの膝先には、おゆきが用意してくれた肴が置いてあった。肴といっても、漬物と冷や奴だけだった。冷や奴は、おゆきが夕飯のときに出した菜と同じである。おゆきは、酒の肴にするつもりで、豆腐を余分に買っておいたらしい。

　それでも、彦次と玄沢にとっては、贅沢な肴だった。玄沢の家で飲むときは、肴はないことが多かったのだ。

　おゆきも彦次のそばに座ったが、酒ではなく茶を飲んでいた。

　彦次と玄沢の話がとぎれたとき、

「ねえ、飛猿の話を聞いてますか」

　おゆきが、いきなり飛猿のことを口にした。目の前にいる亭主の彦次が、飛猿と呼ばれる盗人なのだが、おゆきは屋根葺き職人の彦次と信じきっている。

　一瞬、彦次は息を呑んで体を硬くした。おゆきが、自分のことを言い出したと思ったのだ。玄沢も目を剝いて、おゆきを見つめている。

「井戸端で、おしげさんとおまささんが話しているのを聞いたの。呉服屋と両替屋に入ったふたり組の泥棒は、飛猿の真似をした偽者だって」

おゆきが、ふたりの男に目をやって言った。

「おしげとおまさは、どこで飛猿の話など聞いたのだ」

玄沢がおゆきに訊いた。

「おしげさんは権助さんに聞いたんですって」

おゆきが言った。権助はおしげの亭主で、仕事は左官だった。おそらく、権助が左官の仲間から聞いたことを女房に話したのだろう。

飛猿になりすまして、島田屋と大沢屋に盗みに入った桑五郎と安造は、玄沢と町奉行所の同心の島崎たちの手で捕縛されていた。捕らえられたふたりは、大番屋《おおばんや》で吟味されているはずである。

「飛猿は盗人だけど、いいひとよ。貧乏人の味方だもの」

おゆきが言った。

「そうだな。大店に入っても、わずかな金しか奪わないし、その店が末永く繁盛するように宝船の絵まで、置いてくるのだからな」

そう言って、玄沢は旨そうに湯飲みの酒をかたむけた。

彦次は、何も言えなかった。無言のまま膝先に目をやっている。

おゆきの話がとぎれたとき、

「おゆきさん、いい亭主を持ったな」

玄沢が、おゆきに目をやって言った。

おゆきは顔を赤く染め、チラッと彦次に目をやったが、何も言わなかった。

「旦那、冷やかさねえでくだせえ」

彦次は徳利を手にし、

「今夜は、ゆっくりやりやしょう。酔って帰れなくなったら、あっしが送っていきやす」

そう言って、徳利を差し出した。

「すまんな」

玄沢は目を細め、手にした湯飲みに酒を注いでもらった。

その後、彦次と玄沢、それにおゆきの三人は、酒を飲みながら夜が更けるまで家族のような時を過ごした。

座敷の隅で、おきくが快い寝息をたてている。

この作品は書き下ろしです。

幻冬舎時代小説文庫

●最新刊
蝮の孫
天野純希

美濃の蝮と恐れられた名将・斎藤道三の孫、龍興は酒に溺れて戦嫌いだ。だが織田信長に敗れて流浪し、復讐を画策。武芸に励み、信長を追い詰める……。愚将・龍興の生涯を描く傑作時代小説。

●最新刊
怪盗鼠推参 四
稲葉 稔

不義を働く鼠小僧・次郎吉を密告し、我こそ真の義賊にならんと誓った伊賀者・百地市郎太。だが鼠を騙る賊が新たに出現、探索に乗り出す。人を殺めた偽鼠の得物から甲賀衆に辿り着くが……。

●最新刊
居酒屋お夏 十 祝い酒
岡本さとる

正体不明の大悪党・千住の市蔵は、争闘の場で見たお夏への復讐心を滾らせていた。お夏とて、母を殺めた張本人の市蔵との決戦は望むところ。二人の直接対決の結末は!? シリーズ堂々の決着!

●最新刊
追われもの四 再会
金子成人

島抜けをして兄を捜し続ける丹次。眼を悪くした兄・佐市郎へついにたどり着けそうな予感に気が逸る。そして仇である兄嫁と情夫との決着へ——。兄弟の強い絆に胸締め付けられる、感涙の最終巻。

●最新刊
天竺茶碗 義賊・神田小僧
小杉健治

阿漕な奴からしか盗みません——。弱きを助け強きをくじく信念と鮮やかな手口で知られる義賊・巳之助が辣腕の浪人と手を組み、悪名高き商家や旗本の鼻を明かす、著者渾身の新シリーズ始動。

飛猿彦次人情噺《とびざるひこじにんじょうばなし》

血染《ちぞ》めの宝船《たからぶね》

鳥羽亮《とばりょう》

令和元年12月5日　初版発行

発行人――石原正康
編集人――高部真人
発行所――株式会社幻冬舎
〒151-0051東京都渋谷区千駄ヶ谷4-9-7
電話　03(5411)6222(営業)
　　　03(5411)6211(編集)
　　振替00120-8-767643
印刷・製本―図書印刷株式会社
装丁者――高橋雅之

幻冬舎時代小説文庫

ISBN978-4-344-42933-8　C0193　と-2-42

幻冬舎ホームページアドレス　https://www.gentosha.co.jp/
この本に関するご意見・ご感想をメールでお寄せいただく場合は、
comment@gentosha.co.jpまで。